Departamento de especulação

Jenny Offill

Departamento de especulação

tradução
Carol Bensimon

todavia

Para Dave

Aqueles que especulam sobre o universo […]
não são nada além de loucos

Sócrates

I

Os antílopes enxergam dez vezes mais longe do que nós, você disse. Era o começo, ou quase. Isso significa que, em uma noite clara, eles podem ver os anéis de Saturno.

Faltavam ainda meses para contarmos todas as nossas histórias um ao outro. E, mesmo naquele tempo, algumas pareciam bem insignificantes. Então por que penso nelas agora? Agora que estou tão cansada de tudo.

As memórias são microscópicas. Partículas minúsculas que se aglomeram e se separam. Pessoinhas, Thomas Edison lhes chamava. Entidades. Ele tinha uma teoria sobre o lugar de onde elas vinham, e esse lugar era o espaço sideral.

Da primeira vez que viajei sozinha, fui a um restaurante e pedi um bife. Mas, quando o prato chegou, vi que era um pedaço de carne crua cortada em fatias. Tentei comer, mas estava muito sangrento. Minha garganta se recusava a engolir. Finalmente, cuspi o pedaço no guardanapo. Ainda havia um monte de carne no prato. Fiquei com medo de que o garçom percebesse que eu não estava comendo e risse ou gritasse comigo. Por muito tempo, fiquei sentada olhando aquilo. Então peguei um pãozinho, tirei o miolo e escondi a carne dentro dele. Eu estava com uma bolsa bem pequena, mas achei que podia enfiar o pão nela sem que ninguém visse. Paguei a conta e caminhei na direção da porta, esperando que alguém me parasse, mas ninguém o fez.

***

Eu passava minhas tardes em um parque, fingindo ler Horácio. Ao anoitecer, a multidão saía do *métro* e ganhava as ruas. Em Paris, até os metrôs precisam ser bonitos. *Os que correm para o mar mudam de céu, não de alma.*

Havia um canadense que só comia aveia. Um francês que pediu para examinar meus dentes. Um inglês que vinha de uma linhagem de druidas. Um holandês que vendia aparelhos auditivos.

Conheci um australiano que disse que adorava viajar sozinho. Ele me falou sobre seu trabalho enquanto bebíamos olhando para o mar. Quando um aluno entende, quando seu rosto se ilumina, é tão absurdamente lindo, ele me disse. Concordei com a cabeça, me sentindo tocada, embora nunca tivesse ensinado nada a ninguém. Você é professor de quê?, perguntei. De patinação, ele respondeu.

Isso foi no verão em que choveu sem parar. Eu me lembro do cheiro triste de cachorro molhado do meu suéter e dos meus sapatos rastejando na água. E, em todas as cidades, a mesma cena. Um garoto saindo na rua e abrindo um guarda-chuva para uma garota abrigada no vão da porta.

Outra noite. Meu antigo apartamento no Brooklyn. Era tarde, mas claro que eu não conseguia dormir. Acima de mim, loucos de anfetamina desmontando alguma coisa cheios de animação. Folhas batendo contra a janela. Senti um arrepio repentino e puxei o cobertor sobre a cabeça. É assim que tiram os cavalos de um incêndio, lembrei. Se eles não enxergam, não entram em pânico. Fiquei pensando se eu me sentia mais calma com um cobertor sobre a cabeça. Não, não me sentia.

2

Consegui um emprego fazendo checagem de fatos em uma revista de ciência. Fatos curiosos, era como chamavam. *As fibras conectadas de um cérebro humano, se estendidas, dariam quarenta voltas na Terra.* Terrível, escrevi na margem, mas publicaram mesmo assim.

Eu gostava do meu apartamento porque todas as janelas ficavam no nível da rua. No verão, eu via os sapatos das pessoas; e no inverno, neve. Uma vez, quando eu estava deitada na cama, um sol vermelho brilhante apareceu na janela. Quicou de um lado para o outro, então virou uma bola.

A vida é igual a estrutura mais atividade.

Estudos sugerem que a leitura exige um grande esforço do sistema nervoso. Um periódico de psiquiatria afirmou que alguns povos africanos precisavam dormir mais depois de aprender a ler. Os franceses acreditavam muito nessas teorias. Durante a Segunda Guerra, as maiores provisões iam para os que realizavam atividades físicas árduas e para os que trabalhavam com leitura e escrita.

Durante anos, mantive um post-it na minha escrivaninha. NÃO AME, TRABALHE!, era o que dizia. Parecia um tipo mais robusto de felicidade.

Encontrei um livro chamado *Mais do que sobreviver... prosperar!* em uma caixa no meio da rua. Fiquei ali, folheando as páginas, sem querer me envolver.

Você acha que a angústia mental que está sentindo é uma condição permanente, mas, para a grande maioria das pessoas, é apenas um estado temporário.

(Mas e se eu for especial? E se eu fizer parte da *minoria*?)

Eu tinha ideias a meu respeito. Em grande parte não testadas. Quando criança, gostava de escrever meu nome em letras gigantes feitas de galhos.

O que Coleridge disse: *Se não me iludo completamente, não apenas me desvencilho das noções de tempo e espaço... como acredito que estou prestes a fazer mais; ou seja, que serei capaz de expandir todos os cinco sentidos e, nessa expansão, resolver o processo da vida e da consciência.*

Meu plano era nunca me casar. Em vez disso, eu ia ser um monstro da arte. As mulheres quase nunca se tornam monstros da arte porque os monstros da arte se preocupam apenas com a arte, nunca com coisas mundanas. Nabokov nem sequer fechava seu guarda-chuva. Vera lambia os selos para ele.

Um plano ousado, foi o que meu amigo, o filósofo, disse. Mas, quando fiz vinte e nove anos, entreguei meu livro. *Se não me iludo completamente...*

Fui a uma festa e bebi até passar mal.

Os animais se sentem sozinhos?
Outros animais, quero dizer.

Não muito depois disso, um ex-namorado apareceu na minha porta. Parecia ter vindo lá de San Francisco só para tomar um café. No caminho para a lanchonete, pediu desculpas por nunca ter me amado de verdade. Ele esperava que eu o perdoasse. "Espera aí", eu disse. "Você está fazendo os doze passos?"

Naquela noite, na televisão, vi a tatuagem da qual gostaria que minha vida me tornasse digna. *Se você ainda não conheceu o sofrimento, me ame.* Um assassino russo me ganhou nessa.

Obviamente, pensei no bêbado de New Orleans, o garoto que mais amei. Todas as noites, no velho bar dos marinheiros, eu descascava os rótulos de suas garrafas e tentava persuadi-lo a ir para casa. Mas ele não ia. Não até que a luz entrasse pela janela.

Era tão bonito que eu ficava olhando para ele enquanto dormia. Se tivesse de resumir o que ele me causava, eu diria o seguinte: ele me fazia cantar junto todas as músicas ruins do rádio. Isso tanto quando me amava como quando não me amava.

Naquelas últimas semanas, dirigimos em silêncio tentando fugir do calor, cada um sozinho dentro do sonho que a cidade havia se tornado. Eu tinha medo de falar e até mesmo de tocar no braço dele. *Lembre-se dessa placa, dessa árvore, dessa rua decrépita. Lembre-se de que é possível se sentir assim.* Havia vinte dias no calendário, depois quinze, depois dez, depois o dia em que carreguei o carro e fui embora. Dirigi por dois estados inteiros soluçando, o calor como uma mão contra meu peito. Mas não aconteceu. Eu não me lembrei.

3

Há um homem que viaja pelo mundo tentando encontrar lugares onde você pode ficar parado e não ouvir nenhum som humano. Ele acredita que é impossível se sentir calmo na cidade porque nela raramente ouvimos o canto dos pássaros. Nossos ouvidos evoluíram como um sistema de alerta. Ficamos em estado máximo de apreensão em lugares onde não há pássaros cantando. Viver em uma cidade significa estar sempre sobressaltado.

Os budistas dizem que existem cento e vinte e um estados de consciência. Desses, apenas três envolvem angústia ou sofrimento. A maioria de nós passa o tempo todo entrando e saindo desses três estados.

Os gaios-azuis passam as sextas-feiras com o demônio, me contou a velha no parque.

"Você precisa sair dessa porcaria de cidade", disse minha irmã. "Tomar um pouco de ar fresco." Quatro anos atrás, ela e o marido foram embora. Mudaram-se para uma casa caindo aos pedaços na Pensilvânia, nas margens do rio Delaware. Na primavera passada, ela e os filhos vieram me visitar. Fomos ao parque; fomos ao zoológico; fomos ao planetário. Mas eles detestaram mesmo assim. *Por que tá todo mundo gritando aqui?*

O apartamento do filósofo era o lugar mais tranquilo que eu conhecia. Era bem iluminado e com vista para a água. Passávamos nossos domingos ali comendo ovos e panquecas. Ele era professor agora, e trabalhava de noite na rádio. "Você precisa conhecer o cara que trabalha comigo. Ele faz paisagens sonoras da cidade." Olhei para os pombos do outro lado do vidro. "E o que isso quer dizer?", perguntei.

Ele me deu um CD para levar para casa. Na capa havia um velho guia telefônico amarelo arruinado pela chuva. Fechei os olhos e ouvi o disco. Quem é essa pessoa?, me perguntei.

4

Eu te dei a coisa que eu mais gosto de Chinatown. Coloquei-a, bêbada, na palma da sua mão. Estávamos na minha cozinha naquela primeira noite. LINDA MÁSCARA DE GAZE, dizia a embalagem.

Na manhã seguinte, fui até o apartamento do filósofo. "Ah, não, o que você fez?", eu disse. Ele preparou o café da manhã e me contou sobre o encontro. "Como você se imagina daqui a cinco anos?", ela perguntou a ele. "E daqui a dez? E daqui a quinze?" Quando ele a acompanhou até em casa, já estavam nos trinta anos. Eu disse a ele que aquilo parecia um encontro entre um pato e um urso. O filósofo refletiu. "Estava mais para um pato e um martíni", disse.

Você me ligou. Eu te liguei. *Vem pra cá, vem pra cá*, dissemos.

Descobri que você não tinha medo dos fenômenos meteorológicos. Você queria caminhar pela cidade gravando coisas, mesmo com chuva, neve ou granizo. Comprei um casaco mais quente com vários bolsos engenhosos. Você enfiou as mãos em todos eles.

Eu te ouvia no rádio à meia-noite. Uma vez, você tocou uma gravação de átomos se chocando. Outra vez, o vento nas folhas. Gravações de campo, você as chamava. Meu apartamento era gelado, e eu escutava seu programa deitada com as cobertas puxadas até o queixo. Eu usava um gorro, luvas e meias masculinas de lã grossa. Uma noite, você tocou uma faixa feita para mim. Um caminhão de sorvete sobreposto ao som de gaivotas em Coney Island, e a roda-gigante girando.

É bobagem ter um telescópio na cidade, mas nós compramos mesmo assim.

Naquele ano, eu não viajei sozinha. Te encontro lá, você disse. Mas era tarde quando nos vimos na estação de trem. Você tinha feito um corte de cabelo barato. Eu tinha engordado desde minha partida. Parecia possível que tivéssemos cometido um engano ao atravessar o mundo. Tentamos evitar julgamentos precipitados.

Não entendíamos para onde estávamos indo quando pegamos o barco para Capri. Era início de abril. Uma chuva fina e gelada pairava sobre o mar. Pegamos um funicular nas docas e percebemos que éramos os únicos turistas. Vocês chegaram cedo, disse o condutor, dando de ombros. As ruas cheiravam a lavanda e por muito tempo nenhum de nós percebeu que não havia carro algum. Ficamos num hotel barato, e da janela se enxergava a coisa mais linda que eu já tinha visto. A água era perversamente azul. Um rochedo escuro se projetava do mar. Eu queria chorar porque tinha certeza de que nunca mais estaria em um lugar assim. Vamos explorar, você disse, que era o que sempre dizia quando eu começava a ficar daquele jeito. Caminhamos um pouco pela beira do penhasco até chegarmos a um ponto de ônibus. Lá ficamos esperando, de mãos dadas, em silêncio. Eu estava pensando em como seria morar em um lugar tão bonito. Será que consertaria meu cérebro? O ônibus chegou. Três pessoas trabalhavam nele: uma dirigia, outra vendia os bilhetes, e ainda outra os recebia. Isso nos deixou contentes. Fomos até o outro lado da ilha, onde as pessoas nos olhavam com mais curiosidade. Em uma loja, vi um chiclete com o rótulo BROOKLYN, e você o comprou para mim.

5

Passamos pelo diorama do antílope. "Dez vezes", eu disse, mas você não olhava para mim. "Que foi?", perguntei. Nada. Nada. Mas depois, na sala das pedras preciosas, você se ajoelhou. Ao nosso redor, coisinhas brilhantes.

Conselho de Hesíodo: *Escolha uma dentre as moças que vivem perto de você, e confira cada detalhe para que sua noiva não se torne a piada do bairro. Nada é melhor para o homem do que uma boa esposa, e nenhum horror se equipara a uma esposa ruim.*

Depois, disparamos para o quarto emprestado e nos jogamos mais uma vez na cama emprestada. Do lado de fora, quase todo mundo que já nos amou estava esperando. Você pegou minha mão, beijou-a e disse: "O que a gente fez? O que diabos a gente fez?".

Quando nos conhecemos, eu tinha uma tosse persistente. Uma tosse de fumante, embora nunca tivesse fumado. Fui de médico em médico, mas ninguém nunca resolveu o problema. Naqueles primeiros dias, gastei bastante energia tentando não tossir tanto. Eu ficava acordada ao seu lado à noite e me esforçava para tentar não tossir. Achava que podia ter pegado tuberculose. *Aqui jaz alguém cujo nome foi escrito na água*, pensei com um sorriso. Mas não, também não era isso. Logo depois que nos casamos, a tosse desapareceu. Então o que era?, eu me pergunto.

Solidão?

Deitado na cama, você aninhava meu crânio como se ali houvesse uma moleira que precisava ser protegida. *Fique perto de mim*, você dizia. *Por que está tão longe?*

O sentido de ter uma casa é manter certas pessoas dentro dela e todas as outras do lado de fora. Uma casa tem um perímetro. Mas nosso perímetro às vezes era invadido por vizinhos, escoteiras, testemunhas de Jeová. Nunca gostei de ouvir a campainha. As pessoas de quem eu gostava nunca apareciam assim.

E havia também as invasões internas. Ratos, ratos, em todo lugar. Pegamos um gato emprestado por um mês, um caçador feroz, que capturou e comeu todos eles. Ele se chamava Carl, e eu podia ouvi-lo na cozinha a noite toda triturando ossos. Aquilo me dava uma sensação ruim, pior até do que os passinhos dos ratos. O garoto que eu amei em New Orleans uma vez me disse que o pai dele matava ratos jogando-os na água fervente. Fiquei surpresa demais para perguntar como ele os capturava e por que os matava dessa maneira, porém mais tarde comecei a pensar sobre isso. O pai dele tinha vindo de outro país, então talvez as coisas fossem feitas assim por lá.

No meu antigo apartamento, os ratos cabriolavam com ainda mais desfaçatez. Ao que parecia, eles não tinham medo, nem de luz, nem mesmo de vassouras. Eles viviam na minha despensa e, certa noite, quando estávamos deitados na cama, a porta soltou das dobradiças e caiu com um estrondo. "Acho que eles economizaram pra comprar um aríete", você disse.

6

Quando fomos ver o apartamento, a mãe dele estava na cidade nos fazendo uma visita. Ela apontou para a igreja do outro lado da rua. Gostava da ideia de que, se debruçando um pouco na janela, fosse possível ver Jesus crucificado. Era um bom sinal, pensou, que não se anulava pelo fato de que o filho dela não acreditava mais nele.

Quando visitamos o apartamento pela primeira vez, ficamos empolgados com o quintal, mas desapontados porque ele tinha um parquinho de que não precisávamos. Mais tarde, quando assinamos o contrato de aluguel, ficamos felizes pelo parquinho porque eu tinha descoberto que estava grávida e podíamos imaginá-lo sendo usado. Mas, até nos mudarmos, já sabíamos que o coração do bebê tinha parado, e agora vê-lo da janela só nos deixava tristes.

Eu me lembro daquele dia, você saiu do trabalho e pagou cinquenta dólares por um táxi e ficou me abraçando na porta de casa até eu parar de tremer. Nós tínhamos dito para outras pessoas. Tivemos que desdizer. Você se encarregou disso para que eu não precisasse falar. Depois, fez um jantar com todas as coisas que eu estava proibida de comer. Presunto cru, queijo não pasteurizado. Duas garrafas de vinho e então, finalmente, dormir.

Eu alimentava os pássaros que vinham na janela. Acho que eram pardais.

P. O pardal é nativo deste país?

R. Agora é, mas até pouco tempo atrás não havia pardais nos Estados Unidos.

P. Por que os pardais foram trazidos para este país?

R. Porque os insetos estavam matando tantas árvores que os pardais foram necessários para destruir os insetos.

P. Os pardais salvaram as árvores?

R. Sim, as árvores foram salvas.

P. No inverno, quando não há insetos e há neve no chão, o pardal não enfrenta dificuldades?

R. Sim, ele enfrenta grandes dificuldades, e muitos morrem de fome.

A mulher de cabelo branco e bigode sempre atravancava a fila na farmácia. Às vezes, eu esperava quinze minutos para comprar meus antiácidos. Desde que tinha engravidado de novo, eu devorava uma cartela por dia. Mas minha barriga grande nunca a persuadiu. Ela não se apressava por ninguém. Uma tarde, fiquei olhando enquanto ela entregava itens um a um para o jovem funcionário bonito.

"Você tem sorte", ela disse a ele. "Ainda tem tudo pela frente. Minha irmã e eu temos QIs de gênio. Estudei na Cornell. Você sabe o que é isso?"

O funcionário sorriu, mas negou com a cabeça.

"Uma universidade da Ivy League. Mas não importa. No fim, nada faz diferença."

Com cuidado, ele ensacou as compras dela. Pasta de dente, creme para coceira, doces de marca genérica. "Se cuida", ele disse quando ela foi embora, mas a mulher continuou na porta. "Quando é seu próximo turno?", ela perguntou. "Você já tem a escala?"

7

Os olhos da bebê eram escuros, quase pretos, e, quando eu a amamentava de madrugada, ela olhava para mim de um jeito surpreso, náufrago, como se meu corpo fosse a ilha para onde ela tivesse sido arrastada.

Os maniqueístas acreditavam que o mundo estava repleto de luz aprisionada, fragmentos de um Deus que havia destruído a si mesmo porque não queria mais existir. Essa luz estava confinada dentro de homens, animais e plantas, e a missão dos maniqueístas era tentar libertá-la. Então eles se abstinham do sexo, pois consideravam os bebês como novas prisões onde a luz seria luz encarcerada.

Eu me lembro da primeira vez que disse a palavra para um desconhecido. "É pra minha filha", disse. Meu coração batia tão rápido como se eu pudesse ser presa.

Nos primeiros dias, só me aventurava a sair de casa com ela quando estávamos desesperadas por fraldas ou comida e, nesses casos, eu ia apenas até a farmácia, que ficava a um quarteirão do meu apartamento. Era exatamente a distância que eu podia andar no frio congelante carregando a bebê nos braços. Também a maior distância que eu conseguia correr se ela começasse a gritar de novo e eu precisasse voltar para casa. Esses cálculos eram importantes porque, naquela época, ela gritava bastante. O suficiente para que nossos vizinhos desviassem os olhos quando nos viam, o suficiente para eu sentir como se um alarme de carro tocasse sem parar na minha cabeça.

Depois que você saía para trabalhar, eu ficava olhando para a porta como se ela pudesse se abrir de novo.

Meu amor por ela parecia condenado, irremediavelmente não correspondido. Devem existir músicas sobre isso, pensei, mas, se existiam, eu não conhecia.

Ela ainda era pequena o suficiente para adormecer no seu peito. Às vezes, eu te dava o jantar na boca para que você não a acordasse quando levantasse os braços.

A coisa de que a bebê mais gostava era velocidade. Se eu a levasse para a rua, precisava andar depressa, ou até mesmo dar uma corridinha. Se desacelerasse ou parasse, ela começava a choramingar de novo. Era pleno inverno, e alguns dias eu andava ou trotava por horas, cantando baixinho.

O que você fez hoje, você dizia ao chegar do trabalho, e eu dava o meu melhor para criar uma história com o nada que eu tinha.

Uma vez, li um estudo sobre privação de sono. Os pesquisadores fizeram ilhas de areia do tamanho de gatos em um riacho, e depois puseram gatos muito cansados em cada uma delas. No início, eles se enrodilharam na areia e dormiram, mas por fim se esparramaram e acordaram na água. Não me lembro o que exatamente eles estavam tentando provar. Tudo o que concluí foi que os gatos enlouqueceram.

Os dias com a bebê pareciam longos, mas não tinha nada de extenso neles. Cuidar dela exigia a repetição de uma série de tarefas que tinham a peculiar característica de parecer tão urgentes quanto tediosas. Elas cortavam o dia em pequenos pedaços.

E aquela frase: "Dormir como um bebê". Uma mulher loira a pronunciou com entusiasmo outro dia no metrô. Eu queria deitar ao lado dela e gritar em sua orelha por cinco horas seguidas.

Mas o cheiro do cabelo dela. O jeito que sua mãozinha me apertava os dedos. Era como um remédio. Pela primeira vez, eu não tinha que pensar. O animal havia dominado.

Comprei um CD na internet que prometia fazer dormir até o bebê mais coliquento de todos. Soava como as batidas de um coração gigante. Como se você tivesse sido obrigado a viver dentro de um coração desses sem a possibilidade de fuga.

Nosso amigo R veio nos ver certa noite em que o CD estava tocando. "Nossa. Isso é música techno ruim", disse. Ele se sentou no sofá e bebeu cerveja enquanto eu dava voltas com a bebê. O trabalho de R envolvia viajar ao redor do mundo para falar sobre o futuro e sobre como esse futuro parecia estar chegando rápido demais. Eu ia e voltava no corredor enquanto o escutava contar a você sobre o fim de tudo. *A invenção do navio é também a invenção do naufrágio*, ele estava dizendo. Vinte passos à frente, e então vinte passos atrás. Tum, tum, tum, tum, fazia a música. Mas a canção das batidas do coração só deixava a bebê furiosa. Ela gritava sem parar. "Que intenso", R disse depois de uma ou duas horas. R, que não é mais nosso amigo, deixou de sê-lo na noite em questão.

8

Então um dia descobri algo que me surpreendeu. A bebê se acalmou na farmácia. Ela parecia gostar da luz intensa, das prateleiras abundantes. Por quinze, talvez vinte minutos, suspendeu seu julgamento feroz do mundo e ficou em silêncio. E, quando fez isso, um pequeno espaço se abriu na minha cabeça e eu consegui voltar a pensar. Então comecei a ir lá com ela todos os dias, ficava vagando pelos corredores estreitos enquanto a terrível música de farmácia tocava. Eu olhava para as lâmpadas, os remédios para gripe, as ratoeiras, e tudo parecia estranho e inútil. A última vez que me senti assim, eu tinha dezesseis anos e morava em Savannah, na Geórgia. Eu usava vestidos roídos por traças e achava que era existencialista. Aqueles dias também pareciam longos.

Uma vez, no caminho para lá, encontramos o vizinho que sempre passeava com o cachorro. Ele parecia odiar tudo, menos minha bebê. "Expressão séria", ele disse, em aprovação. "Não vai dar trela pra imbecis." A bebê lhe ofereceu seu olhar de mil metros. Ela fez um pequeno ruído, que talvez soasse como um rosnado. Ele queria que ela fizesse carinho no cachorro, um mastim sinistro com uma coleira cheia de pontas. "É mansinho", ele me disse. "Detesta bêbados e negros e também não morre de amor por hispânicos."

Durma enquanto a bebê dorme, as pessoas diziam. *Não vá para a cama com raiva.*

***

Se eu praticasse a telecinesia, mandaria essa colher alimentar aquela bebê.

Minha melhor amiga veio de longe me visitar. Pegou dois aviões e um trem para chegar ao Brooklyn. Nós nos encontramos em um bar perto do meu apartamento e bebemos apressadamente enquanto o tempo da babá corria. No passado, falávamos sobre livros e sobre outras pessoas, mas agora falamos apenas dos nossos respectivos bebês, o dela dócil e com um rosto angelical, a minha em guerra contra o mundo. Usamos nossos intelectos confusos em uma teoria sobre a luz. Todos nascem irradiando luz, mas ela diminui pouco a pouco (se tivermos sorte) ou de modo brusco (se não tivermos). As pessoas mais carismáticas — os poetas, os místicos, os exploradores — eram assim porque, de alguma forma, tinham conseguido manter um pouco da luz que estava fadada a diminuir. Mas o mais chocante, o que parecia mais insuportável, era o fato de que, pela ordem natural das coisas, a luz desapareceria. Ela persistia às vezes, durante os vinte, brilhava aqui e ali nos trinta, e então quase sempre os olhos ficavam sombrios.

"Ponha uma touca nessa bebê", diziam todas as velhas enxeridas que passavam por mim. Mas a bebê demônia habilmente as dispensava para então andar com a cabeça exposta à chuva e ao vento congelantes.

Ela é boazinha? As pessoas me perguntavam. Hum, não, eu dizia.

Aquele redemoinho na parte de trás da cabeça. Devemos ter tirado milhares de fotos dele.

9

Meu marido é famoso por ser gentil. Sempre doando dinheiro para os que sofrem de doenças obscuras ou tirando a neve da calçada do vizinho louco ou cumprimentando a moça gorda na farmácia. Ele é de Ohio. Isso quer dizer que nunca se esquece de agradecer ao motorista de ônibus e jamais se mete na frente dos outros na esteira de bagagem. Ele também não faz uma lista de quem o deixou furioso em determinado dia. As pessoas são bem-intencionadas. É nisso que ele acredita. Então como ele é casado comigo? Eu odeio com facilidade e frequência. Odeio, por exemplo, pessoas que se sentam com as pernas abertas. Pessoas que afirmam dar cento e dez por cento de si. Pessoas que dizem ter uma vida "confortável" quando o que querem dizer é que são ridiculamente ricas. Você é crítica demais, minha psiquiatra diz, e eu choro até chegar em casa pensando nisso.

Mais tarde, estou ao telefone com a minha irmã. Caminho na rua com a bebê no colo. Ela estende a mão, enfia algo na boca e se engasga. "Segura ela de cabeça pra baixo!", grita minha irmã. "Bate nas costas dela com força!" E eu faço isso, até que a folha, verde, ainda bonita, aparece na minha mão.

Desenvolvo um interesse duradouro por prevenção de acidentes. Tento recrutar meu marido para que me ajude nisso. Peço para ele levar na mochila um canivete e uma lanterna de bolso. Idealmente, gostaria que ele tivesse um capuz antifumaça que também funciona como paraquedas. (Se você for rico e medroso o bastante, pode comprar um desses, eu li.) Ele acha que tenho a imaginação mórbida. Não vai acontecer nada, diz. Mas eu quero que ele me prometa. Quero que me prometa que, se alguma coisa acontecer, ele não vai tentar salvar as pessoas, ele só vai voltar para casa o mais rápido que puder. Ele parece sensibilizado por esse pedido mas, ainda assim, eu continuo advertindo. *Abandone a secretária e a velhinha e o homem gordo arfando na escada.* Volte para casa, digo a ele. Salve a bebê.

Alguns dias mais tarde, a bebê vê a mangueira do jardim jorrar e nós a ouvimos rir.

A minha vida toda agora parece ser um momento feliz.
Isso foi o que disse o primeiro homem no espaço.

Mais tarde, na hora de dormir, ela põe as duas pernas em um mesmo lado do macacão do pijama e aguarda, matreira, que a gente perceba.

Há uma foto da minha mãe me segurando quando eu era bebê, um olhar de puro amor estampado no rosto. Durante anos, isso me constrangeu. Agora há uma foto em que estou olhando para minha filha exatamente da mesma maneira.

Agora nós dançamos com a bebê todas as noites, rodopiando sem parar com ela pela cozinha. Vertiginosa, essa felicidade.

Ela fica obcecada por bolas. Consegue avistar um objeto em forma de bola a cem metros de distância. *Bola*, ela chama a lua. *Bola. Bola.* Nas noites em que a lua está encoberta pelas nuvens, ela aponta com raiva para a escuridão.

Meu marido arranja um trabalho novo, compondo trilhas sonoras para comerciais. O salário é melhor. Tem benefícios. Como é, as pessoas perguntam. "Não é ruim", ele diz, dando de ombros. "Só levemente desolador."

Ela aprende a andar. Decidimos dar uma festa para mostrar que ela está se tornando uma pessoinha. Durante dias, ela me pergunta sem parar: "Festa já? Festa já?". Na noite das festividades, faço um rabo de cavalo no cabelinho ralo dela. "Parece uma menina", diz meu marido. Está maravilhado. Uma hora depois, os convidados chegam. Por cinco minutos, ela ziguezagueia entre eles, depois dá um puxão na minha manga. "Chega de festa!", diz. "Festa acabou! Festa acabou!"

O livro favorito dela é sobre bombeiros. Quando vê a ilustração, faz mímica de tocar a sineta e deslizar pelo poste. *Bling, bling, bling, faz o sino do caminhão de bombeiros. Os bombeiros estão a caminho!*

Meu marido lê o livro para ela todas as noites, incluindo a página inteira de créditos, bem, mas bem devagar.

Agora, às vezes, ela brinca de espalhar seus bichos de pelúcia pela sala. "Bebês, bebês", murmura sombriamente enquanto os cobre com guardanapos brancos. Nós chamamos de "Campo de Batalha da Guerra Civil".

Um dia, ela sai correndo sozinha pelo quarteirão. Fico apavorada de que ela se esqueça de parar ao final. "Para!", eu grito. "Para! Para!"

"Só mantenha ela viva até os dezoito anos", diz minha irmã. Minha irmã tem dois filhos endiabrados, gêmeos bivitelinos.

Ela mora no interior, mas está sempre ameaçando se mudar para a Inglaterra. O marido dela é inglês, e gostaria de resolver todos os problemas deles com colégio interno e gamão obrigatório. Nunca gostou daqui. Fracos de espírito, diz sobre os americanos. Para fazê-lo feliz, minha irmã serve carne cozida no jantar e faz purê de ervilha.

10

Uns punks se mudam para o apartamento de cima. O dono do nosso prédio mora na Flórida, então pede para ficarmos de olho neles. Meu marido os ajuda a carregar seus três móveis e um aparelho de som gigante. Gosto deles no mesmo instante. Eles me lembram dos meus alunos: espertos, ansiosos, estranhamente sérios. "Legal, vocês são casados", a garota me diz um dia, e o garoto faz um gesto com a cabeça como se concordasse.

Tem um naco de vômito no meu cabelo, percebo pouco antes da aula. *Naco* talvez seja um exagero, mas sim, há algo. Lavo o cabelo na pia. Estou dando uma disciplina chamada "Magia e temor".

Às vezes, me pego tendo pequenas conversas na minha cabeça com os jovens punks do andar de cima.

Sabe o que um casamento tem de punk?

Nada.

Sabe o que um casamento tem de punk?

Todo aquele vômito e merda e mijo.

Meu marido entra no banheiro com um martelo na mão. Está falando, recitando uma ladainha de tarefas domésticas. "Arrumei a cadeira bamba", ele me diz. "E colei um antiderrapante embaixo do tapete pra ele não sair do lugar. Mas o vaso precisa de uma arruela nova. A água não para de correr." Esse é outro aspecto que também faz dele uma pessoa admirável. Se vê que algo está quebrado, tenta consertar. Não vai apenas pensar em como é insuportável que as coisas fiquem quebrando, que nunca seja possível fugir da entropia.

As pessoas ficam me dizendo para fazer ioga. Experimentei uma vez em um lugar aqui da rua. A única parte de que gostei foi no final, quando a professora te cobre com um cobertor e você precisa fingir que está morta por dez minutos.

"Cadê o segundo romance?", pergunta o chefe do departamento. "Tique-taque. Tique-taque."

Nós a chamávamos de *Pequena*. *Pequena, vem aqui*, dizíamos. *Pequena, solta o gato*, mas então um dia ela não deixou mais. "Eu sou grande", disse, o rosto tempestuoso.

Meu antigo chefe me liga para perguntar se estou procurando trabalho. Um homem rico que ele conhece precisa de uma ghost-writer para um livro sobre a história do programa espacial. "Vai pagar bem", diz, "mas o cara é um completo idiota." Conto ao meu marido. Sim, sim, sim, ele diz. Acontece que estamos ficando sem dinheiro para fraldas, cerveja e petiscos.

O que Fitzgerald disse: *Uma vez que o frasco estava cheio — aqui está a garrafa de onde ele veio. Espere, ainda há uma gota... Não, era apenas a incidência da luz.*

Então tenho uma reunião com o ricaço. É um projeto espetacularmente mal concebido. Primeiro ele quer falar sobre a criação do programa espacial, depois sobre a corrida espacial, depois no meio contar sua história pessoal ressentida sobre ter quase, mas não completamente, entrado em órbita. Terminará o livro com uma proposta de como podemos colonizar o universo, arrematada com elaborados documentos técnicos criados por ele mesmo. "Parece bom", digo. "As pessoas gostam do espaço." O quase astronauta fica satisfeito. Ele faz um cheque. "Vai ser um grande livro", diz. "Grande!"

Às vezes, à noite, faço entrevistas comigo mesma.

O que você quer?
Não sei.

O que você quer?
Não sei.

Qual é o problema?
Só me deixa em paz.

Um garoto com o coração puro vem jantar. Quem o traz é a mulher que está brincando de ser jovem de novo. Ele não parece estar à vontade e, diante das nossas piadas, se permite apenas um sorrisinho de nada. É dez anos mais novo, alerta a qualquer sinal de concessões ou impasses entre nós. "Não dá para comparar realizações imaginadas com as nossas realizações reais", alguém diz depois que o menino com o coração puro vai embora.

Não pule de um muro. Não corra no meio da rua. Não bata uma pedra na sua cabeça só para ver o que acontece.

Claro que é difícil. Você está criando uma criatura que tem uma alma, minha amiga diz.

Em 1897, um médico francês chamado Hippolyte Baraduc conduziu uma série de experimentos fotográficos. Esperava provar que a alma realmente reside no corpo e o abandona no momento da morte. Ele prendeu um pombo vivo com as asas estendidas numa tábua, depois colocou uma chapa fotográfica em seu peito e segurou-a com firmeza. Como ele esperava, quando cortou a garganta do pombo, a chapa retratou alguma coisa. A partida da alma tomou a forma de redemoinhos, disse.

Até o século XVII, acreditava-se que os ímãs tinham almas. De que outra forma um objeto poderia atrair ou repelir?

Um dia, vi o homem do cachorro chutando um colchão na rua. Chutava e chutava. PERCEVEJOS, ESTRAGADO, PÉSSIMO, alguém havia escrito nele com tinta vermelha.

Baraduc alegava que era capaz de fotografar emoções. "Ódio, alegria, luto, medo, simpatia, piedade etc. Não é preciso nenhum novo produto químico para obter esses resultados. Pode-se usar uma câmera comum." Ele encontrou pessoas emocionalmente agitadas, e então segurou uma placa fotográfica a poucos centímetros de sua cabeça. Descobriu que emoções semelhantes geravam imagens do mesmo tipo sobre a chapa, mas que emoções diferentes produziam imagens diferentes. A raiva parecia fogos de artifício. O amor era um borrão indistinto.

II

Há sempre outras mães na escola. Algumas chegam cedo, e é por isso que são sempre as mesmas que reparam quando estou atrasada. Essas mães, as madrugadoras, também são boas em lembrar o que trazer em determinados dias. Você pode precisar trazer uma foto da sua filha e do pai dela, ou um protetor solar, ou uma caixa de ovos vazia que será transformada em alguma coisa. Uma vez que há mães como eu, que às vezes se atrasam para a escola, as professoras instituíram um período de tolerância. A manhã começa com brincadeiras livres, e se seu filho perder isso, é ruim, claro, mas não terrível. Não é como perder a hora em que eles formam uma roda e falam sobre como uma flor cresce e do que ela precisa (água, sol), ou como nós humanos também somos animais ou como os planetas estão organizados de certa maneira em relação ao Sol. Todas as crianças sabem que Plutão foi rebaixado e urram de alegria se seus pais, velhos e lentos, se esquecerem disso. Também existe uma tolerância no que diz respeito às coisas para levar. O dia de levar a caixa de ovo não é o dia real, é um dia antes de a caixa ser muitíssimo necessária, um dia antes de ser uma enormíssima catástrofe não tê-la. E, mesmo nesse caso, algumas professoras fazem um estoque para as mães que esquecem. Elas levam caixas a mais ou as recebem das outras mães, as que não esquecem, as que sempre chegam mais cedo.

Tem uma história sobre um prisioneiro em Alcatraz que passava as noites na solitária deixando um botão cair e então tentando encontrá-lo no escuro. Era desse jeito, todas as noites, que ele passava o tempo até o amanhecer. Eu não tenho um botão. Em todos os outros aspectos, minhas noites são iguais.

Questionário de personalidade

1. Gosto da sensação de dirigir um carro em alta velocidade.
2. Sou conhecida por dormir demais.
3. Sinto-me atraída por jogos de azar.
4. Festas me deixam nervosa.
5. Eu como mais rápido do que as outras pessoas.
6. Meus amigos me consideram sensível a críticas.
7. Prefiro atividades em lugares fechados.
8. Com frequência, temo que não estou
à altura dos desafios da vida.
9. Gostaria de aprender a pilotar um avião.
10. Às vezes, fico inquieta sem motivo aparente.

Ainda há muita desonestidade no meu coração. Eu achava que amar duas pessoas tanto assim corrigiria isso.

O que o Pessoal da Ioga diz: *Nada é banal, basta você prestar atenção.*

Tudo bem, então, isso que está entupindo a pia. Coloco a mão na água turva, remexo no ralo. Quando o puxo para fora, minha mão está imunda de gordura.

Meu marido tira a mesa. Pedaços de carne colados aos pratos, um guardanapo encharcado flutua no molho. *Na Índia, dizem, há homens que se alimentam apenas de ar.*

Alguém deu um kit médico para a minha filha. Com cuidado, ela mede sua própria temperatura e passa o manguito do aparelho de pressão ao redor do braço. Depois, tira o manguito e o examina. "Você quer ser médica quando crescer?", pergunto. Ela me encara com um olhar estranho. "Eu já sou médica", diz.

Por ela, eu abriria mão de tudo, do tempo sozinha, do livro brilhante, do selo que tem minha foto, mas apenas se ela aceitasse ficar deitada comigo em silêncio até fazer dezoito anos. Se ficasse deitada em silêncio comigo, se eu pudesse afundar meu rosto no cabelo dela, então sim, sim, eu me rendo.

Avaliações dos alunos

Ela é uma boa professora, mas conta MUITA história.
Ninguém falaria que ela é uma pessoa organizada.
Ela parece se importar com os alunos.
Ela age como se a escrita não tivesse regras.

"Onde está a graça?", diz meu marido, apertando o controle remoto. "Me mostra a graça."

O que Keats disse: *Não existe tal coisa de o mundo se tornar um lugar fácil para salvar sua alma.*

Nossa linda babá italiana me conta que terminou com o namorado. Eu o conheço. Um jovem músico sério que a adorava. "O que ele fez?", digo. Ela está preparando um chá. "Ele chorou como um palhaço."

Quando minha filha chega em casa, seus dedos estão irremediavelmente vermelhos e pretos. "Olha suas mãos! O que aconteceu?", diz meu marido. Ela olha para as próprias mãos. "Acho que fui responsável por isso", diz a ele.

"As festas sempre foram assim tão chatas?", pergunto ao meu marido quando estamos em frente ao caixa eletrônico, sacando dinheiro para a babá. Ele guarda as notas na carteira. "Essa foi uma festa de duzentos dólares", responde.

Os budistas dizem que podemos atingir a sabedoria se alcançarmos três marcas. A primeira é a compreensão da ausência de si mesmo. A segunda é a compreensão da impermanência de todas as coisas. A terceira é a compreensão da natureza insatisfatória da experiência comum.

"Tudo o que tem olhos deixará de ver", diz o homem na televisão. Ele parece um especialista. Seu cabelo tem um brilho escuro. A voz lembra as vozes das pessoas que distribuem panfletos no metrô, mas ele não está falando sobre Deus ou sobre o governo.

"Quando todo mundo chega?", minha filha pergunta. "Ninguém vai chegar?" Ela arrasta a casa de bonecas para fora do quarto e começa a arrumar e rearrumar as cadeiras lá dentro. Ao que parece, é difícil deixar do jeito certo. Sempre tem algo desalinhado. Minha menininha é tão cerimoniosa. Tão cerimoniosa e precisa. Com cuidado, ela coloca o peru minúsculo no centro da mesa minúscula. É castanho dourado. Alguém esculpiu um talho perfeito nele. Por quê?, eu me pergunto. Por que tudo já tem que ter começado? "Rápido", ela murmura enquanto organiza. "Rápido, rápido!"

O especialista fala agora sobre os céus, sobre seus movimentos mais destrutivos. O *time lapse* mostra uma plantação perecendo, depois uma mãe e uma criança sendo levadas por uma onda de luz vermelha. Algo distante e não exatamente compreendido é o culpado por isso. Mas as possibilidades de tal coisa não acontecer são encorajadoras. Astronômicas, até.

Ainda assim, não ficarei contente até saber o nome desse negócio.

12

Conselhos para esposas c. 1896: *A leitura indiscriminada de romances é um dos hábitos mais prejudiciais aos quais uma mulher casada pode estar sujeita. Além das falsas visões sobre a natureza humana que eles transmitem* [...] *também produzem uma indiferença na realização das tarefas domésticas, bem como um desprezo pelas realidades comuns.*

É verdade que sou meio estúpida no supermercado. Escrevo listas que esqueço, compro coisas das quais não precisamos ou que já temos. Mais tarde, meu marido vai dizer, *pegou papel higiênico, pegou ketchup, pegou alho*, e eu vou responder *não, não, esqueci, desculpa, aqui está um pudim e palitos de dentes e uma mistura pronta pra uísque sour.* Mas, por ora, minha filha e eu estamos tremendo diante da geladeira das carnes. "Tô com frio", ela diz. "A gente pode ir? Por que a gente tem que ficar parada aqui?" Tenho que comprar algum tipo de carne. Algum tipo de carne para uma receita de carne. "Daqui a pouco vamos", digo. "Espera. Só deixa eu pensar um minutinho. Você não tá me deixando pensar."

Tenho tido um sonho recorrente nos últimos tempos: nele, meu marido termina comigo durante uma festa, dizendo, *Eu te explico mais tarde. Não me enche o saco.* Mas, quando eu conto a ele sobre esse sonho, ele fica irritado. "Somos casados, lembra? Ninguém vai terminar com ninguém."

"Eu amo o outono", ela diz. "Olha que lindas as cores das folhas de outono. Hoje está com cara de outono. Sua estação do ano preferida é o outono?" Ela para de andar e puxa minha manga. "Mamãe! Você não tá prestando atenção. Aprendi uma palavra nova. Sei o que é outono."

Encontro um conhecido na rua, alguém que não vejo há anos. Quando nos conhecemos, éramos os dois jovens. Ele editava uma revista literária e eu escrevia para ela de vez em quando. Ele tinha uma moto, mas se casou cedo, duas coisas que me impressionaram. Ainda é bem bonito. Durante a conversa, descubro que ele também tem um filho.

"Acho que perdi o lançamento do seu segundo livro", ele diz.

"Não", eu digo. "Não teve um segundo."

Ele parece desconfortável; ficamos fazendo as contas dos anos, ou talvez só eu as faça.

"Aconteceu alguma coisa?", ele diz gentilmente depois de um tempo.

"Sim", explico.

Naquela noite, volto a falar do meu velho plano de monstro da arte. "O caminho não escolhido", diz meu marido.

13

No meio da noite, tenho a ideia de que talvez eu possa parar de trabalhar para o quase astronauta e arranjar um emprego escrevendo biscoitos da sorte. Eu poderia tentar escrever uns verdadeiramente americanos. Já rascunhei alguns.

Objetos geram felicidade.
Os animais ficam felizes em ser úteis.
Suas cidades brilharão para sempre.
A morte não o tocará.

Envio essas frases para o filósofo. Ele me responde imediatamente. *Estou interessado em financiar a ideia. Mas só tenho vinte e sete dólares na poupança.*

Na manhã seguinte, um homem vem ver o apartamento. Traz o cachorro com ele. "Pega!", diz ao cachorro. "Pega! Pega!" Mas o cachorro fica parado, olhando para mim.

Uma semana depois, chamo o homem de novo. Ofereço-lhe chá e biscoitos. "Você vai fazer o seguinte", ele diz. "Coloque veneno no colchão, depois nos peitoris das janelas, depois nas tomadas. E aí vá dormir na sua cama."

Mas o garoto do andar de cima já sabe de tudo. "Posso te dar um conselho?", diz. "Joga fora tudo o que você tem."

Leio um artigo escrito por uma mulher que mora sozinha e que também teve uma infestação em casa. Ela fala sobre como é deprimente não ter ninguém para ajudá-la a pulverizar, lavar, cozinhar, ensacar. Ela gasta todo o dinheiro que tem, não sai com alguém há anos. Mostro para o meu marido. "É verdade. Temos sorte", ele diz.

Algumas semanas depois, a escola manda um bilhete sobre piolhos. As mães atravessam a cidade até o bairro ortodoxo para passar com a catadora de piolhos. Ela cobra cem dólares por cabeça. É muito meticulosa, afirmam as mães. Vale cada centavo.

Mas meu marido também é meticuloso. Ele passa o pente no nosso cabelo, depois o examina cuidadosamente contra a luz.

"Sabe por que eu te amo?", minha filha me pergunta. Está boiando na banheira, a cabeça branca de sabão. "Por quê?", digo. "Porque eu sou sua mãe", ela responde.

Há um vídeo ao qual assisti, não consigo me esquecer dele, que os mostra fugindo do veneno escalando a parede oposta, atravessando o teto e então caindo na cama. E outro, ainda pior, em que uma mulher se filma a noite inteira esperando ao lado da cama da filha com um rolo adesivo de tirar pelos.

O que disse Simone Weil: *Atenção sem objeto é uma forma suprema de oração.*

Agora o quase astronauta me liga o tempo todo para falar sobre seu projeto. "Acho que vai ser um best-seller", diz. "Que nem aquele cara. Como chama? Sagan?"

"Carl?"

"Não", ele diz. "Não é esse. É outro. Daqui a pouco eu lembro."

***

Algumas noites depois, torço secretamente para que eu seja uma gênia. Por que outra razão nenhuma quantidade de comprimidos para dormir é capaz de derrubar meu cérebro? Mas, de manhã, minha filha me pergunta o que é uma nuvem e eu não sei responder.

14

Meu marido escuta nos fones de ouvido uma série de palestras chamada "O longo agora". Por muito tempo, ouço esse nome e não pergunto nada. Para mim, soa como algo útil, mas impreciso, parecido com "A condição humana" e "A vida do espírito". Fico chocada ao descobrir que na verdade é uma fundação que procura corrigir os erros do mundo. Uma pesquisa rápida no site deles revela palestras sobre temas como mudanças climáticas e pico do petróleo. Por algum motivo, imaginei que o nome remetia à sensação da vida cotidiana.

Encontro um piano barato e faço uma surpresa para o meu marido. Às vezes, depois do jantar, ele compõe músicas para nós. Pequenas perfeições. Se passa das oito, os vizinhos reclamam. De qualquer maneira, os insetos entram nele.

Um provérbio árabe: *Basta um inseto para derrubar um país.*

Um provérbio japonês: *Mesmo um inseto de dois milímetros tem doze centímetros de alma.*

Minha filha agora tem o costume de vasculhar nossas gavetas para ver se acha alguma coisa útil para ela. Um dia, desenterrou a noiva e o noivo do nosso bolo de casamento. O noivo foi descartado, mas a noiva foi colocada em uma prateleira do quarto dela, entre os cavalos de plástico cor-de-rosa com longas crinas de menininha. Isso é um elogio enorme, reconheço, embora minha filha não o diga explicitamente.

As piadinhas dos que estão casados há muito tempo. "Minha esposa... ela não acredita mais em mim", diz meu amigo com um pequeno aceno de mão. Todo mundo ri. Estamos jantando. A esposa dele me passa algo complexo e marroquino que ela cozinhou. Está incrivelmente delicioso.

Você tem medo de ir ao dentista?

Nunca Às vezes Sempre

Respondo "às vezes", mas eles parecem me elevar para o "sempre". O dentista fala comigo gentilmente, examinando minha boca com seus dedos macios. A assistente quer puxar uma conversa casual e pergunta quantos filhos eu tenho. "Uma", digo, e ela parece surpresa. "Mas você vai ter outro?", pergunta enquanto enxagua o sangue da pia. "Não, acho que não", digo. Ela balança a cabeça. "É uma crueldade ter filho único. Eu era filha única e foi uma crueldade."

Um provérbio libanês: *O percevejo tem cem filhos e acha que são poucos.*

"Não conta pra ninguém", o rapaz me adverte. "Não se você quiser que alguém te visite de novo." Ele me dá uns sacos plásticos especiais que fecham hermeticamente. À noite, eles fazem barulho, enquanto ficamos acordados na cama. A questão é que, se um deles abrir, tudo que está dentro será contaminado. Antes de sair de casa, precisamos ferver as roupas em um aparelho especial. Tudo que não estivermos vestindo deve ser ensacado e selado imediatamente. "Estamos vivendo como astronautas", diz meu marido, deslocando-se devagar para o seu lado da cama.

O percurso de um cosmonauta não é uma caminhada fácil e triunfante em direção à glória. Antes de poder entrar na cabine da espaçonave, você precisa saber o que é a alegria, mas também a tristeza. Isso foi o que disse o primeiro homem no espaço.

No parquinho, uma mulher conta seu dilema. Eles finalmente encontraram uma casa geminada de quatro andares com um jardim, extremamente bem cuidada, no quarteirão mais lindo do distrito escolar menos causador de ansiedade, mas agora ela acha que passa muito tempo do dia em um andar procurando algo que na verdade está em outro.

Eu passo horas e horas na lavanderia, encolhendo nossos suéteres e tirando a pelúcia dos seus bichinhos. Um dia, por engano, ponho o cobertor dela junto. Quando o devolvo, ela chora. "Era minha coisa favorita", diz. "Por que você estragou minha coisa favorita?"

15

A sobrevivência no espaço é uma empreitada desafiadora. Como a história moderna das guerras sugere, em geral, as pessoas provaram ser incapazes de viver e trabalhar juntas de forma pacífica durante longos períodos de tempo. Especialmente em situações estressantes ou de isolamento, é comum que pessoas que vivem muito próximas umas das outras explodam em hostilidade.

Não cozinha, não trepa, o que você faz? Não cozinha, não trepa, o que você faz?

Einstein se perguntava se a Lua existiria caso não olhássemos para ela.

O centro de comando russo fazia os seguintes votos para os cosmonautas: *Que nada de você permaneça, nem pele, nem pena.*

"O que eu procuro", me diz o quase astronauta, "são fatos *interessantes*."

Vladimir Komarov era o piloto da *Soyuz 1*, uma nave espacial afligida desde o início por problemas técnicos. Nas semanas que antecederam o lançamento, o cosmonauta ficou convencido de que aquela seria uma missão letal, mas os políticos russos haviam desconsiderado os relatórios técnicos. No dia marcado, um Komarov de expressão sombria foi posto na nave espacial e lançado em órbita. Mas as coisas começaram a dar errado quase imediatamente. Uma das antenas não levantou. Em seguida, um painel solar apresentou defeitos, deixando a nave em desequilíbrio e difícil de navegar. Sentindo que aquela era uma catástrofe em potencial, a base abortou a missão e tentou trazer Komarov para casa. Mas, ao voltar à atmosfera, a nave espacial começou a girar vertiginosamente. Komarov tentou controlá-la, mas nada podia ser feito.

Durante a longa e terrível descida, um político comunicou-se com Komarov para dizer que ele era um herói. Em seguida, sua esposa entrou na linha, e o casal conversou sobre questões práticas e se despediu. A última coisa que se ouviu foram os urros de raiva e medo do cosmonauta, enquanto sua nave era arremessada ao chão. A cápsula foi instantaneamente esmagada pelo impacto e, em seguida, explodiu em chamas. Não havia corpo para ser resgatado. A viúva de Komarov recebeu um osso do calcanhar dele carbonizado.

Mas, para os astronautas, a sobrevivência a longo prazo também traz outros perigos. Alguns dos maiores desafios, na verdade, podem ser psicológicos. As pessoas que estudam essas possibilidades estão em busca de pistas em estudos sobre isolamentos de outra ordem. Registros de exploradores polares talvez sejam o melhor vislumbre de como seria ficar no espaço por longos períodos.

A bordo do *Belgica*, na Antártida, em 20 de maio de 1898: o explorador Frederick Cook, preso com seus homens em um navio cercado de gelo, fez o seguinte registro:

Estamos tão cansados da companhia uns dos outros quanto estamos da monotonia fria da noite escura e da mesmice intragável da nossa comida. Fisicamente, mentalmente, e talvez até moralmente. Portanto, estamos deprimidos e, conforme minha experiência anterior [...] sei que essa depressão vai aumentar.

"Vamos superar isso", digo a meu marido. "Sempre superamos." Devagar, ele faz que sim com a cabeça. Estou deitada no sofá, aconchegada nele. Nossas roupas têm cheiro de roupa fervida.

Nós nos revezamos saindo com ela. O outro fica e pulveriza a casa com veneno mais uma vez. Piolhos, é o que ela acha que são. Nem eu nem meu marido conseguimos guardar um segredo, mas esse nós guardamos, sim, guardamos. Aprendemos a não estremecer quando as pessoas falam sobre o medo de ter uma infestação. Quase nunca saímos e, quando o fazemos, fervemos cada pedacinho das nossas roupas por horas para não corrermos o risco de os passarmos para qualquer outra pessoa. O inverno dificulta as coisas. Antes de sair, precisamos lidar com os cachecóis e as luvas, as botas e os casacos. Quando o timer desliga, tiramos todas as roupas do aparelho e então, sem nos sentarmos na cadeira ou na cama, nos vestimos e saímos o mais rápido possível.

Naquele ano, recebemos cartões de Natal dos parentes dele, alguns com cartas da família dentro. *S foi promovido e é agora vice-vice-presidente de marketing. T teve mais um filho e abriu um negócio de organização chamado "Arrumado!". L e V não comem mais arroz, açúcar e pão.*

Meu marido não me deixa escrever uma carta. Em vez disso, enviamos uma foto sorridente.

Queridos amigos e família,

É o ano dos insetos. É o ano do porco. É o ano de perder dinheiro. É o ano de ficar doente. É o ano sem livro. É o ano sem música. É o ano de fazer 5 anos, 39 e 37. É o ano da Vida Errada. É assim que nos lembraremos deste ano se um dia ele terminar.

Um excelente fim de ano, com amor.

Quando vamos visitar os pais dele, minha filha tenta aprender a nadar na piscina coberta. Observo sua cara séria e retorcida, olhos fechados, contando uma braçada, duas braçadas. Alguns dias depois, ela conta até cinquenta. Então meu marido chega do Brooklyn e ela insiste que ele vá do aeroporto direto para a piscina. Mas, quando chegamos lá, ela não nada. Fico quieta, ressentida com toda a confusão que ela nos fez criar, com o grande anticlímax disso tudo. Meu marido adormece em uma espreguiçadeira enquanto nós discutimos. Passou a noite em claro, pulverizando o veneno. A mãe dele, entusiasmada, a acalma na água. "Uma vez nadadora, sempre nadadora", diz.

Um exercício mental oferecido pelos estoicos. Se você está cansado de tudo o que possui, imagine que você perdeu tudo.

16

É possível que eu esteja ficando muito velha e rabugenta para ser professora. Aqui estou eu, esbravejando nas margens sobre artigos definidos e indefinidos e sobre pontos de vista. *Pense no distanciamento do autor! Quem está falando aqui?*

Quando está corrigindo textos, minha amiga que dá aula de escrita às vezes fica louca e escreve a mesma coisa diversas vezes.

ONDE ESTAMOS NO TEMPO E NO ESPAÇO?
ONDE ESTAMOS NO TEMPO E NO ESPAÇO?

Decido fazer os meus alunos lerem mitos da criação. A ideia é voltar ao início. Em alguns, Deus é retratado como pai; em outros, como mãe. Quando Deus é pai, diz-se que ele está em outro lugar. Quando Deus é mãe, diz-se que ela está em todo lugar.

É diferente, claro, com os monstros da arte. Eles sempre estão em outro lugar.

Era difícil falar com Rilke. Ele não tinha casa nem endereço onde se pudesse encontrá-lo, uma moradia fixa, um escritório. Estava sempre andando pelo mundo, e ninguém, nem mesmo ele, sabia com antecedência qual direção ele tomaria.

Isso de acordo com Stefan Zweig, um dos seus amigos mais próximos.

***

O filósofo está viajando pelo país, dando palestras em universidades. Ele me envia seu novo livro. Chama-se *Stimmung*, uma referência ao estado de espírito que precede um surto esquizofrênico. É acompanhado por algo conhecido como "o olhar que captura a verdade".

Tudo parece estar carregado de sentido. "Eu notei especialmente" é o bordão daqueles que têm essa experiência.

Acho que o filósofo é meio famoso agora. Garotas com brilho no olhar vão às suas palestras e querem falar com ele sobre como o mundo parece inconsistente. Ele não sai com elas. Está esperando alguém que saiba jardinagem.

Continuo esquecendo de comprar óculos novos. Meu marido fica louco com isso. Peço para a amiga mais estilosa que tenho me ajudar a escolher. O vendedor quer que eu compre uma armação azul chamativa. "É o que está na moda", ele diz. Minha amiga ri. "Acho que não combina com seu jeito de se vestir." Como eu me visto?, pergunto. Como uma motorista de ônibus, é a resposta.

Três coisas que ninguém nunca disse sobre mim:

Você faz com que pareça tão fácil.
Você é muito misteriosa.
Você precisa se levar mais a sério.

Escolho os óculos que não estão na moda. *Se teus olhos forem bons, teu corpo será pleno de luz.*

Logo depois de completar cinco anos, minha filha começa a me fazer confissões. Parece que está percebendo pela primeira vez seus pensamentos como pensamentos, e precisa de absolvição. No fim das contas, acho que ela deve ser católica. *Pensei em pisar no pé dela, mas não pisei. Tentei deixar ela com um pouco de ciúmes. Fingi que estava brava com ele.* "Todo mundo tem pensamentos ruins", digo a ela. "Só tente não agir de acordo com eles."

De noite, antes de ela ir dormir, olhamos fotos de animais bonitinhos na internet. Meu marido me mostra a origem desses memes, que começaram com um gato feio enorme dizendo: *I CAN HAS CHEEZBURGER?* PODO COMÊ XISBURGUER?

Mas minha filha não se impressiona. "Quando é que vamos poder ver animais de verdade?", pergunta. Ela quer um cachorro. Decidimos que, no aniversário dela, pode ganhar um gato. Para quem mora na cidade é melhor, meu marido diz. Por que fazer um cachorro infeliz?

Às vezes, ela vem se queixar de que viu coisas quando fechou os olhos de noite. Raios de luz, ela diz. Estrelas.

Meu marido começou a me chamar de Esposa Bizarra. Porque, quando decidiu não beber mais, eu o convenci a não fazer isso. Porque um dia eu disse que ele ficava sexy fumando. Porque faço um boquete nele sempre que ele quer, mas geralmente estou cansada demais para sexo. E também porque sempre digo que ele poderia se demitir se quisesse e nós iríamos com nossa filha para algum lugar barato e viveríamos de arroz e feijão.

Meu marido não acredita nessa última parte. E por que deveria? Uma vez, gastei treze dólares em um pedaço de queijo. Costumo olhar catálogos para gente rica.

Mas ultimamente pareço uma beatnik em um filme. *Foda-se essa merda burguesa, gato! Vamos voltar a ter o coração puro!*

Almoço com uma amiga que não vejo há anos. Ela pede coisas das quais nunca ouvi falar. Manda devolver um pedaço de sardinha. Conto a ela vários planos para ter minha vida de volta. "Estou num dilema", ela diz.

17

Passo muito tempo na internet tentando comprar uma colônia de férias abandonada. Assim que encontrar uma (e tiver dinheiro para comprá-la), vou arrumar dez amigos para ficarem lá conosco durante o verão. Uma espécie de comuna sem as drogas alucinógenas e sem a troca de casais. Meu marido não se empolga com meu plano. "Não vejo que diferença isso faz pra mim", diz. "Ainda tenho que ir trabalhar todos os dias."

Finalmente, encontramos outro apartamento. A mudança é épica, orquestrada por várias semanas. No último dia, o filósofo aparece e nos ajuda a arrastar o piano até a rua. Colamos um cartaz nele. NÃO PEGUE.

No elevador do prédio novo, minha filha aperta o botão do décimo primeiro andar. "Se tivesse um incêndio, teríamos que ir de escada", digo. "E se tivesse uma inundação?" Não vai ter, digo a ela, e não estou mentindo. Para variar, não estou.

Às vezes, na plataforma do metrô, eu ainda me balanço, imaginando-a nos meus braços.

Quietinha, bebê, não chore, a mamãe vai cantar uma canção de ninar, e se o passarinho não cantar como cantava antes, o papai vai comprar um anel de brilhante. Mamã, Papá, uh-ah, bola. Boa noite árvore, boa noite, estrelas, boa noite, lua, boa noite, ninguém. Carimbo de batata, correntes de papel, tinta invisível, um bolo em *forma de flor, um bolo em forma de cavalo, um bolo em forma de bolo, voz de dentro, voz de fora. Se você vir um cachorro feroz, fique parada que nem uma árvore. Conchas, vidro marinho, maré alta, ressaca, sorvete, fogos de artifício, sementes de melancia, chiclete engolido, eucaliptos, sapatos e barcos e lacres de cera, repolhos e reis, passa ou repassa, sopa de letrinhas, A meu nome é Alice e meu namorado se chama Andy, somos do Alabama e gostamos de amora, A meu nome é Alice e eu quero jogar o jogo do amoooor. Vaga-lumes, estrelas cadentes, cavalos-marinhos, peixes-dourados, gerbilos comem seus filhotes, por favor, sem manteiga de amendoim, necessária assinatura dos pais, mãe número um, apresentação de trabalho, verdade e consequência, esconde-esconde, sinal vermelho, sinal verde, por favor, coloque sua máscara antes de ajudar outra pessoa, cinzas, cinzas, todo mundo cai, como manter o fogo da lareira, noite a dois, noite em família, boa noite, May chegou em casa com uma pedrinha redonda pequena como o mundo e grande como sua solidão.* Pare, Deite, Role. Saudações, o coração de Wilbur transbordou de felicidade.** Corações de papel, cola epóxi, please be mine, 100 receitas de frango, o céu está desabando. Banco Imobiliário, Banco Imobiliário, Banco Imobiliário, você vai ser o dedal, mamãe, eu vou ser o carro.*

Quando voltamos do supermercado para casa, as sacolas que estou carregando, três em cada mão, se torcem ao redor do meu pulso. Eu paro e tento destorcê-las. Há uma faixa branca no lugar onde a circulação ficou presa. "Mamãe", ela diz. "Vou te ajudar. Mamãe, fica parada. Mamãe, deixa eu girar elas!" Eu deixo que ela gire as sacolas.

* No original, "*May came home with a smooth round stone as small as the world and as big as alone*", verso de e.e. cummings. [N. E.] ** Uma referência a Wilbur, personagem do livro infantil *A teia de Charlotte*, de E. B. White. [N. E.]

Três perguntas da minha filha:

Por que existe sal no mar?
Você vai morrer antes de mim?
Você sabe quantos cachorros o George Washington tinha?

Não sei.
Sim. Por favor.
Trinta e seis.

18

Minha filha quebra os dois pulsos ao pular de um balanço. Foi sua amiga, que tem cinco anos, quem disse para ela pular. Prometo que não vai acontecer nada, falou. Mas por que ela prometeu isso?, minha filha choraminga mais tarde no hospital.

Já estivemos lá uma vez, quando ela enfiou uma conta de plástico no nariz sem querer. Tentei tirá-la com uma pinça enquanto meu marido me dava instruções por telefone, mas a conta foi ainda mais longe. Ele pegou um táxi no centro da cidade para nos encontrar lá. No caminho para o hospital, ela soluçava sem parar. "Alguém já fez isso antes? Alguma criança já fez uma coisa assim antes? Já fez?" Na emergência, ficamos ridiculamente empoleirados na beirinha dos assentos, esperando nosso nome ser chamado. Horas se passaram. Conta dentro do nariz = a marca de menor urgência na escala da triagem.

Mais tarde, meu marido disse: "Eu deveria ter lembrado. Você só pode fazer isso se conseguir ficar calma. Você estava calma?".

Dessa vez, ela está chorando de forma tão histérica que eles não conseguem tirar um raio X dos pulsos dela. O técnico usa minha mão esquerda para mostrar para ela como é. Ele segura a chapa contra a luz e todos nós olhamos. Aqui está o osso, repleto de vazio, o anel sólido, a névoa de carne. Lembro-me de um garoto que conheci uma vez no ônibus. Ele me contou que era um cientista cristão. Disse que eles acreditavam no idealismo, o que significa que apenas a alma é real. Disse que uma vez caiu de um trepa-trepa na escola e acharam que ele tinha quebrado o pé, mas na verdade ele não tinha quebrado nenhum osso e não sentia dor porque coisas como ossos e dor não existiam, só o que existia era a mente, e ela não sentia nada. Eu lembro que, na época, queria ser uma cientista cristã. Mas, com o tempo, isso passou.

Mais tarde, por incrível que pareça, deram morfina para a minha filha. Ela começou a falar sobre donuts de forma delirante. Iria comprar uma dúzia de donuts como recompensa pelo que estava acontecendo e daria uma mordida em cada um deles.

Levamos nossa filha para o consultório do médico para pôr o gesso. Depois que faz isso, ele avisa que ela não deve deixar nada cair lá dentro. "Se isso acontecer, vai ter que voltar aqui pra eu tirar, e aí pôr de volta com uma anestesia", diz. Saímos do consultório.

Alguma coisa entrou no meu gesso.
O quê?
Não sei.
Mas tem certeza que tem algo aí?
Não, talvez. Talvez eu só tenha achado isso.
Você só achou?
Não, eu senti.
Sentiu?
Talvez.
O que é?
Não sei. Alguma coisa.
O quê?
Nada, acho. Talvez alguma coisa.
O quê?
Nada. Não, alguma coisa.

***

Lavamos o cabelo dela com um balde. Tentamos coçar seus pulsos com um hashi. É verão, e ela chora porque quer ir nadar.

O que disse Wittgenstein: *O que você diz, diz dentro de um corpo; não se pode dizer nada fora desse corpo.*

Certa noite, deixamos que ela dormisse no nosso quarto porque o ar-condicionado é melhor. Ficamos amontoados na cama. Agora o gesso tem um cheiro de bicho bolorento. Ela traz a luminária que projeta estrelas e a coloca na mesinha de cabeceira. Logo todos estão dormindo, menos eu. Fico deitada e escuto o zumbido do ar-condicionado e o som suave da respiração deles. Incrível. De dentro das águas turvas, isso.

19

No nosso aniversário de sete anos de casados, meu marido toca uma música para mim, mas é uma música tão triste que quase não consigo escutar. Fala sobre casamento e quem partirá primeiro. *Um de nós morrerá nesses braços*, diz o refrão.

É difícil acreditar que eu achava o amor algo tão frágil. Uma vez, quando ele ainda era jovem, vi um pouco do seu couro cabeludo aparecendo sob o cabelo e fiquei com medo. Mas era só um redemoinho. Agora, às vezes, dá para ver de verdade, mas eu sinto só ternura.

Ele sente saudades do piano, eu acho. Mas não fala sobre isso. Dou a ele uma gravação de Edison explicando seu fonógrafo.

Suas palavras são preservadas em papel-alumínio e voltarão a partir da aplicação do instrumento anos depois de sua morte, exatamente no mesmo tom de voz em que você as pronunciou... Esse instrumento sem língua ou sem dentes, desprovido de laringe ou faringe, matéria muda sem voz, imita, no entanto, seu tom, fala com sua voz, pronuncia suas palavras e, séculos depois de você ter se reduzido a pó, repetirá de novo e de novo, a uma geração que nunca poderia tê-lo conhecido, cada pensamento corriqueiro, cada ideia cara, cada palavra vã que você decidir sussurrar a esse diafragma de ferro.

Nossas palavras são guardadas em papel-alumínio e voltarão depois da aplicação desse instrumento, e portanto nós fazemos o possível para falar um com o outro de maneira gentil.

Quando nos conhecemos, ele usava os mesmos óculos havia quinze anos. Eu usava a mesma franja da época da faculdade. Eu tinha planos de quebrar esses óculos em segredo, mas nunca disse a ele o quanto os detestava até o dia em que ele chegou em casa com óculos novos.

Acho que, um ano mais tarde, deixei a franja crescer. Quando ela finalmente desapareceu, ele disse: "Na verdade, eu sempre detestei franja".

Minha irmã balança a cabeça quando escuta essa história. "Vocês tratam esse casamento com tanto cuidado", diz.

Ela vai se mudar para a Inglaterra. Aquele marido desgraçado.

20

O quase astronauta ficou obcecado pela *Voyager 1*, a *Voyager 2* e o projeto do Disco de Ouro. Ele gostaria que eu pusesse no livro tudo que já foi escrito sobre isso. Digo-lhe que é uma história conhecida, que precisamos procurar algo inesperado. Mas ele faz que não com a cabeça. "Dê às pessoas o que elas querem. Essa é a primeira regra dos negócios." Ele ganhou muito dinheiro vendendo luminárias mata-mosquito. No ano passado, ganhei uma de Natal. Pergunto a ele qual é a segunda regra dos negócios. "Seja eficiente sempre", diz.

Fico pensando nessa regra. Como seria minha vida se eu a seguisse? É verdade que o quase astronauta nunca desperdiça um minuto. Na sua casa, há sempre embalagens de barras de proteína dentro da lixeira do banheiro. Ele as come enquanto está sentado no vaso.

Naquela noite, minha filha me pede para ler um livro que sua professora lhe deu. Nele, animais com nomes aliterativos partem em aventuras extremamente modestas e voltam tendo aprendido lições. Uma criança em uma cadeira de rodas foi consideradamente desenhada ao fundo. Minha filha boceja quando termino. "Me conta uma história melhor", diz.

Conto a ela sobre as *Voyager 1* e *2* e sobre o Disco de Ouro. Eram como mensagens em uma garrafa, explico, mas jogadas no espaço sideral, não no oceano. Minha filha fica levemente interessada. Quer saber que sons foram gravados para os extraterrestres. Eu encontro a lista e leio para ela.

Música das Esferas
Vulcões, terremotos, trovões
Vulcões de lama
Vento, chuva, ondas
Grilos, sapos
Pássaros, hiena, elefante
Canto de baleia
Chimpanzé
Cachorro selvagem
Passos, batidas de coração, risadas
Ferramentas primitivas
Cachorro domesticado
Pastoreio de ovelhas, canto de pássaros, ferreiro, alguém serrando
Rebitador
Código morse, apito de navio
Cavalo e carroça
Trem
Trator, ônibus, automóvel
Voo de um Caça F-III, *decolagem de um* Saturno 5
Beijo, mãe e filho
Sinais vitais, pulsar

Meu marido continua debruçado sobre o computador, exatamente como estava quando eu entrei. Durante o dia inteiro, ficou acompanhando as notícias sobre um terremoto em outro país. Sempre que a contagem de mortes é atualizada, ele me atualiza. Abro a janela. O ar está frio, mas tem um cheiro doce. Lá fora, alguém está gritando algo sobre alguma coisa. Dê às pessoas o que elas querem, penso.

Algumas semanas mais tarde, o quase astronauta me liga para contar que a *Voyager 2* pode estar se aproximando dos limites do nosso sistema solar. "Timing perfeito", diz. "Vamos usar esse gancho no marketing."

Digo-lhe que já tenho muito trabalho, mas ele insiste para que sejamos rápidos. "Te pago mais", diz. "Muito mais." Ele contrata até um estagiário para fazer a checagem de fatos para mim.

Tenho um estagiário. A minha vida toda agora parece ser um momento feliz.

Há uma história de amor famosa relacionada com o projeto do Disco de Ouro. Uma história de amor "cósmica", é assim que eu a descrevo para o estagiário, porque quem resiste a fazer brincadeiras bobas sobre Carl Sagan? *Se você quer fazer uma torta de maçã do zero, precisa primeiro inventar o Universo.* Eu me lembro de como ele ficou ali sem se mexer, com sua blusa de gola alta e uma luva para forno na mão.

Explico a ele que o projeto começou em 1976, quando a Nasa pediu que Sagan montasse um comitê para decidir exatamente o que essa coletânea celestial deveria conter. Levou quase dois anos para que tudo fosse decidido. Carl Sagan e sua esposa, Linda, colaboraram no projeto. Alistaram até mesmo o filho de seis anos para gravar uma das saudações. Outros membros-chave da equipe incluíam o astrônomo Frank Drake e os escritores Ann Druyan e Timothy Ferriss. Os engenheiros projetaram o disco de maneira que ele sobrevivesse por um bilhão de anos.

O Disco de Ouro incluiu cinquenta e quatro idiomas humanos e uma linguagem de baleia, noventa minutos de música do mundo todo e cento e dezessete imagens da vida na Terra. Essas imagens deveriam sugerir a maior gama possível de experiências humanas. Apenas duas coisas estavam além dos limites. A Nasa decretou que não poderia haver nenhuma imagem de sexo e nenhuma imagem de violência. Nada de sexo porque a Nasa era puritana e nada de violência porque imagens de ruínas ou bombas explodindo poderiam ser interpretadas pelos extraterrestres como uma ameaça. Ann Druyan conta o que aconteceu em seguida.

Durante minha desconcertante busca pela música chinesa mais digna de nota, telefonei para Carl e deixei uma mensagem no hotel dele em Tucson [...] Uma hora depois, o telefone tocou no meu apartamento em Manhattan. Atendi e ouvi uma voz dizer: "Voltei pro meu quarto e encontrei uma mensagem dizendo que a Annie tinha ligado. E perguntei a mim mesmo: por que você não deixou essa mensagem dez anos atrás?".

Blefando, brincando, eu respondi com leveza. "Bom, eu queria mesmo falar sobre isso, Carl." E então, mais séria: "Você quer dizer pra sempre?".

"Sim, pra sempre", ele disse, carinhosamente. "Vamos casar então."

"Sim", eu disse e, naquele momento, achamos que agora conhecíamos a sensação de descobrir uma nova lei da natureza.

Então aí está, a famosa história de amor cósmico. Mas, como na maioria das histórias de amor, havia mais do que isso. *A linha do tempo não bate*, o estagiário escreve na margem. *Sagan já não era casado?*

Naquela noite, meu marido reclama que estou trabalhando demais. Resmunga sobre o lixo transbordante e as frutas fora de época que estão apodrecendo na geladeira. Eu descarto tudo que está mofado e esvazio as lixeiras. Enfileiro os sacos de lixo ao lado da porta antes de levá-los para fora, esperando que ele faça algum comentário. Ele me lança um olhar. O tipo que significa: *O que você quer? Uma medalha?*

***

O beijo foi o som mais difícil de capturar, disseram os engenheiros. Algumas das tentativas eram barulhentas demais, outras silenciosas demais. *No fim, o beijo escolhido para o disco foi o que Timothy Ferriss deu na bochecha da sua noiva, Ann Druyan.* O estagiário pega a caneta marca-texto amarela e sublinha esse trecho para mim.

A interferência naquela história de amor cósmica. Quando trabalharam no projeto da *Voyager* com Carl Sagan e sua esposa Linda, Ann Druyan e Timothy Ferriss eram noivos. Então Carl e Ann decidiram se casar. A notícia demorou um pouco a chegar até Linda e Timothy. Ou assim diz meu estagiário. Mas, quando Ann Druyan contou a história, uma parte estava faltando, como um disco que pula.

Ann prefere contar sobre sua visita ao laboratório, dois dias depois daquele telefonema. Foi ligada a um computador e começou a meditar. Todos os dados do seu cérebro e seu coração foram convertidos em sons para o Disco de Ouro.

Da melhor forma possível, tentei pensar na história das mentalidades e na organização social humana. Pensei na situação em que nossa civilização se encontra e na violência e na pobreza que fazem deste planeta um inferno para muitos dos seus habitantes. Ao final, permiti a mim mesma dar uma declaração pessoal sobre como é estar apaixonada.

De acordo com a revista *People*, o divórcio de Carl e Linda Sagan foi "acrimonioso".

21

O Pessoal da Ioga sempre anda em duplas, os tapetinhos embaixo do braço, os cabelos rigorosamente curtos como os das mães de primeira viagem. Mas e se alguém de repente der um soco nelas e levar embora seus tapetinhos? Quanto tempo até elas sucumbirem?

Você quer organizar a feirinha? Gostaria de participar do comitê da compostagem? Quer ajudar na campanha do agasalho? Gostaria de dar uma disciplina eletiva sobre teatro de fantoches?

Um aluno perguntou a Donald Barthelme como se tornar um escritor melhor. Barthelme o aconselhou a ler toda a história da filosofia, desde os pré-socráticos até os pensadores modernos. O aluno perguntou como fazer isso. "Você provavelmente está perdendo tempo com coisas como comer e dormir", disse Barthelme. "Pare de fazer isso, e leia tudo de filosofia e tudo de literatura." E também de arte, acrescentou. E também de política.

Há sessenta segundos em um minuto, sessenta minutos em uma hora, vinte e quatro horas em um dia, sete dias em uma semana, cinquenta e duas semanas em um ano, e X anos em uma vida. Descubra X.

O que T.S. Eliot disse: *Quando tudo estiver dito e feito, o escritor talvez chegue à conclusão de que desperdiçou sua juventude e destruiu sua saúde por nada.*

Ela não irá para a faculdade se isso significa ficar longe de mim. Quando tiver um filho, vai vir e ficar comigo por um mês, e eu vou ajudá-la a cuidar do bebê, depois ela irá embora por um dia, depois vai voltar de novo e ficar por um mês ou um ano. Ela nunca jamais quer viver longe de mim, explica. "Jura?", digo. Ela se enrola nos meus braços, toda joelhos e cotovelos. "Juro."

Minha Vó Tem Muitas Joias, que Só Usa à Noite. Esse é o macete que a ensinaram para decorar a ordem dos planetas.

Uma vez, quando ela estava aprendendo a falar, passei a mão pelo seu rosto dizendo o nome de cada parte dele. Mais tarde, quando a deixei no berço, ela me chamou de volta. Primeiro pediu água, depois leite, depois beijos. "Não vai. Tá doendo", ela disse. "O quê? O que tá doendo, amor?" Ela pensou por um tempo. "Meus cílios."

Algumas mulheres fazem com que pareça tão fácil livrar-se da ambição, como se fosse um casaco que não serve mais.

Para de escrever eu te amo, dizia o bilhete que minha filha colou na lancheira em cima do meu bilhete. Ela pediu bilhetes como esses todos os dias por muito tempo, mas agora, uma semana depois de fazer seis anos, dá um basta nisso. Quando leio o recado, me sinto esquisita, estranhamente tonta. É uma sensação de muito tempo atrás, a sensação de alguém que de repente termina comigo. Meu marido me beija. "Não se preocupa, amor. Sério, não é nada."

Há um marido que exige um recibo que descreva os quilômetros rodados, outro que quer sexo às três da manhã. Um que proíbe cabelo curto, outro que se recusa a colocar comida para os animais de estimação. Eu jamais aguentaria isso, todas as outras esposas pensam. Jamais.

Mas minha agente tem uma teoria. Ela diz que todo casamento é uma gambiarra. Até os que vistos de fora parecem decentes são mantidos com chiclete, arame e barbante.

Então uma mulher no parquinho está me dizendo que o marido vasculha a bolsa dela atrás de recibos. Se encontra algum de um caixa eletrônico comprometedor, ele prende o recibo na geladeira e o destaca em vermelho. Ela dá de ombros. "Ele não consegue evitar."

O que exatamente estou esperando que ela fale? Que se casou com um idiota? Que sua casa foi construída sobre cinzas? E aqui estou eu, a sortuda, pra variar. Que sorte ter me casado com ele!

As esposas também têm suas exigências, é claro. O que elas exigem é o seguinte: *obediência inabalável. Lealdade até a morte.*

Meu marido se senta na cozinha e encaderna um livro à mão. Espero que, quando for enviado pelos correios, nenhuma máquina encoste nele.

22

Como você está?

Comtantomedocomtantomedocomtantomedocomtantomedo
Comtantomedocomtantomedocomtantomedocomtantomedo
Comtantomedocomtantomedocomtantomedocomtantomedo
Comtantomedocomtantomedocomtantomedocomtantomedo
Comtantomedocomtantomedocomtantomedocomtantomedo
Comtantomedocomtantomedocomtantomedocomtantomedo
Comtantomedocomtantomedocomtantomedocomtantomedo
Comtantomedocomtantomedocomtantomedocomtantomedo
Comtantomedocomtantomedocomtantomedocomtantomedo
Comtantomedocomtantomedocomtantomedocomtantomedo
Comtantomedocomtantomedocomtantomedocomtantomedo
Comtantomedocomtantomedocomtantomedocomtantomedo
Comtantomedocomtantomedocomtantomedocomtantomedo
Comtantomedocomtantomedocomtantomedocomtantomedo
Comtantomedocomtantomedocomtantomedocomtantomedo
Comtantomedocomtantomedocomtantomedocomtantomedo
Comtantomedocomtantomedocomtantomedocomtantomedo
Comtantomedocomtantomedocomtantomedocomtantomedo
Comtantomedocomtantomedocomtantomedocomtantomedo
Comtantomedocomtantomedocomtantomedocomtantomedo
Comtantomedocomtantomedocomtantomedocomtantomedo
Comtantomedocomtantomedocomtantomedocomtantomedo
Comtantomedocomtantomedocomtantomedocomtantomedo

A esposa reza um pouco. Ela acha que é para Rilke.

Se alguém pedir para você se lembrar de um dos seus momentos mais felizes, é importante levar em consideração não só a pergunta, mas também quem a fez. Se a pergunta for feita por alguém que você ama, é justo supor que essa pessoa espera estar presente na recordação por ela solicitada. Mas você pode, se estiver errada e for uma pessoa ruim, esquecer essa coisa mais óbvia e encantadora e, em vez disso, falar de um tempo em que estava em um lugar qualquer do interior, sozinha, quando ninguém esperava nada de você, nem mesmo amor. Você pode dizer que essa foi sua época mais feliz. E, se você fizer isso, então falar sobre sua época mais feliz pode fazer com que a pessoa que você mais quer ver feliz se torne infeliz.

No ano de 134 a.C., Hiparco observou uma nova estrela. Até aquele momento, ele acreditava firmemente na permanência delas. Então começou a catalogar todas as estrelas principais para que assim soubesse se outras apareceriam ou desapareceriam.

Eles estavam num café no dia em que ele perguntou a ela. *Qual a época em que você foi mais feliz?* Algo que na hora ela deveria ter percebido, algo na expressão do rosto dele. A maneira como o ar mudou naquele momento.

Então como é que ela levou um mês para pensar em sua própria pergunta? Aquela que ele respondeu retoricamente.

É disso que você acha que se trata?

E então há a noite em que ele se esquece de pôr a filha deles para dormir. Ele liga para avisar que está saindo do trabalho quando ela acha que ele já estaria em casa, uma coisa que ele nunca fez antes.

E bem devagar, de maneira estúpida, ela faz a pergunta mais uma vez.

Por que você diria uma coisa dessas?

Ele adormece. Durante a noite toda, ela fica deitada ao seu lado, ouvindo a respiração dele. Todo o corpo dela está formigando. Ela sente calor, depois frio, depois calor de novo. *Eu notei especialmente*, ela pensa. Assim que há luz lá fora, ela o acorda.

Não foi isso que eu te perguntei.

Os olhos dele, meu deus, os olhos, no momento imediatamente anterior ao aceno de cabeça.

Tales supôs que a Terra era plana e que flutuava sobre a água.

Anaxágoras achava que a Lua era uma Terra habitada.

A irmã dela dirige da Pensilvânia às cinco da manhã para pegar a filha. "Não se preocupa", diz. "Vamos levá-la para fazer um passeio. Ela não vai saber de nada. Pelo menos não por enquanto."

O que Ovídio disse: *Se fores pego, apesar do bom disfarce/ Embora claro como o dia, jura que é mentira/ Não sejas abjeto e indevidamente atento/ Isso, acima de tudo, estabeleceria tua culpa/ Se preciso for, fatiga-te até a exaustão e prova no leito que tu/ Não/ Poderias ser tão bom, tendo estado com outra mulher.*

Mais alta?
Mais magra?
Mais quieta?
Mais fácil, ele diz.

Em 2159 a.C., os astrônomos reais Hi e Ho foram executados porque não previram um eclipse.

23

Pesquisadores observaram imagens de ressonância magnética cerebral de pessoas que se descreveram como recém-apaixonadas. Precisavam olhar para uma foto da pessoa amada enquanto seu cérebro era examinado em busca de atividade. As imagens mostraram que o cérebro ativava o mesmo sistema de recompensa que o dos dos viciados ao receberem uma droga.

Tlim! Tlim! Tlim!

Para a maioria das pessoas casadas, o padrão é a diminuição do amor passional, mas o aumento de um sentimento de apego mais profundo. Acredita-se que essa reação de apego evoluiu no sentido de manter os parceiros unidos por tempo suficiente para ter filhos e os criar. A maior parte dos mamíferos não cria os filhos juntos, mas os humanos sim.

Não há nenhum lugar onde dê para chorar nessa cidade. Até que, um dia, a esposa tem uma ideia. Há um cemitério a oitocentos metros do apartamento deles. Talvez seja possível vaguear por ali aos soluços sem incomodar ninguém. Talvez seja possível até sacudir as mãos.

Em muitos povos, as crianças são consideradas autossuficientes por volta dos seis anos de idade. Em termos práticos, isso significa que, se elas se perderem no meio da floresta à noite, podem não morrer. Nas sociedades industriais modernas, as crianças tendem a ser protegidas por muito mais tempo, obviamente. Mas há evidências de que a idade de seis anos ainda significa algo para os homens. Pesquisadores afirmam que muitos homens têm casos extraconjugais na época em que o filho mais velho completa seis anos. É possível que seus genes possam ter continuidade mesmo sem supervisão direta.

Coma as frutinhas pretas! As vermelhas não! O papai vai ter que viajar por um tempo. E não converse com os ursos!

"Como isso é possível?", diz o filósofo. "Ele é uma das pessoas mais gentis que eu já conheci."

Ela sabe. Ela sabe. Mas então fica a pergunta, não é? Será que foi ela quem o desvirtuou, distorceu, deturpou?

24

Agora a esposa faz ioga. Só para calar a boca de todo mundo. Vai até um bairro onde não mora e onde nunca morou. Frequenta as aulas para pessoas velhas e doentes mas, mesmo assim, não consegue fazer quase nada. Às vezes só fica olhando pela janela, para onde moram aqueles cujas vidas estão intactas o bastante a ponto de dispensarem a ioga presencial. Às vezes, a esposa chora enquanto torce o corpo para chegar às posturas. Há muito choro na aula, dos idosos e dos que estão doentes, então ninguém fala nada.

Mas até a esposa percebe que a professora está vestida de luz. A professora sente pena dela e lhe dá aulas particulares. A esposa conta sobre o marido. Sobre ele talvez amar ou não amar outra pessoa. Sobre ela talvez deixá-lo ou não deixá-lo. Ela conta que, à noite, eles brigam violentamente aos sussurros enquanto a filha está dormindo.

Ela não diz Ontem à noite, puxei o cabelo dele. Ontem à noite, tentei arrancar os cabelos da cabeça dele.

Agora é tão fácil para a esposa ser gentil e paciente com a filha. Nunca vai amar nada ou ninguém mais do que ela. Nunca. É oficial.

Ela se lembra da primeira noite em que percebeu que o amava, o jeito como o medo a invadiu. Deitou a cabeça no peito dele e ouviu seu coração. Um dia isso também vai parar, pensou. O não, não, não daquilo.

Por que você estragou minha coisa favorita?

O marido da vizinha se apaixonou pela garota que servia café para ele todas as manhãs. A garota tinha vinte e três anos e queria ser dançarina, poeta ou fisioterapeuta. Quando ele deixou a família, sua esposa disse: "Você não se importa em parecer tão idiota? Que todos os seus amigos estão te achando ridículo?". Ele ficou parado na porta, o casaco na mão. "Não", disse.

A esposa vê a vizinha engordar no ano seguinte. Os alemães têm uma palavra para isso. *Kummerspeck.* Literalmente, *o bacon do luto.*

Amor é a palavra que os homens usam para embalar isso.

Estudos apontam que cento e dez por cento dos homens que trocam suas esposas por outras mulheres relatam que as esposas são loucas.

Darwin acreditava que, depois de a atratividade sexual ter servido ao propósito de nos fazer acasalar, havia algo que restava. Ele chamou isso de "beleza", e acreditava que era ela que levava o ser humano a produzir arte.

Todas as músicas agora têm uma mensagem para a esposa. Algumas são especialmente comoventes e devem ser tocadas muitas vezes enquanto ela caminha até o metrô. Por exemplo: *Watergate does not bother me. Does your conscience bother you? Tell me true.**

* "Watergate não me incomoda. Sua consciência te incomoda? Diga a verdade" em tradução livre. [N. E.]

***

Ninguém tem o colapso nervoso que ele esperava. A esposa estava se preparando para um que viesse com um lenço na cabeça e piadas sombrias e pessoas falando gentilmente sobre ela em seu funeral.

Opa, espere, talvez isso ainda possa acontecer.

Nós dois estamos muito mal por isso, o marido diz à esposa. "Ah, quanta preocupação!", diz a melhor amiga dela. "Eles acham que estão num filme?"

Às vezes, o marido e a esposa trombam um com o outro no parque do outro lado da rua. Ele vai ali para fumar, e ela para olhar as árvores. Ele abotoa os três botões do casaco dela. *Ele me ama, ele não me ama, ele me ama*, ela pensa. Os dois estão com dificuldade em entrar no Teatrinho dos Sentimentos Feridos. Brincam que deviam fugir juntos para o México. Esquecer essa estupidez.

Mas lá vão eles. É o espaço designado para perguntas.

"Você ainda liga pra ela, manda e-mails?"

"Não", ele diz.

"Você ainda manda músicas pra ela?"

"Não", ele diz devagar. "Não mando músicas."

"O quê? O que você manda?"

"Só um vídeo", diz.

"De quê?"

"De porquinhos-da-índia comendo uma melancia."

O que Kant disse: *O que provoca o riso é a transformação repentina de uma expectativa tensa em nada.*

O que a Garota disse: *Olha só, eu gosto de você de verdade.*

25

A esposa acha que a palavra antiga é melhor. Ela diz que ele está *enamorado*. A psiquiatra diz que ele está *enfeitiçado*. Ela não quer contar o que o marido falou.

De qualquer maneira, ele retira o que disse alguns dias depois.

Não sou muito observadora, pensa a esposa. Certa vez, o marido comprou uma mesa de jantar e ela só percebeu na hora de comer. Àquela altura, ele já estava chateado.

É sobre esse tipo de coisa que os dois falam no Teatrinho dos Sentimentos Feridos.

Mas ela fica irritada quando, no final do semestre, a faculdade distribui uma circular sobre como reconhecer um estudante com tendências suicidas. Quer mandá-lo de volta marcado com letras pretas. *Que tal se você olhar nos olhos deles?*

As pessoas dizem *Você devia ter percebido. Como não percebeu?* Ao que ela responde: Nada na vida me surpreendeu mais do que isso.

Você devia ter percebido, as pessoas dizem.

A esposa tinha suas teorias sobre por que ele parecia cabisbaixo. Estava bebendo demais, por exemplo. Mas não, acabou sendo exatamente o contrário: o uísque todo era a consequência, não a causa do problema. Correlação NÃO É causalidade. Ela lembrou que o quase astronauta sempre ficava nervoso com esse erro que os não cientistas cometem.

Outras teorias que a esposa tinha sobre o abatimento do marido:

Ele não tem mais piano.
Ele não tem mais jardim.
Ele não é mais jovem.

Ela encontrou um jardim comunitário para ele e um terapeuta, depois voltou a falar sobre seus próprios sentimentos e medos enquanto ele a ouvia pacientemente.

Ela era uma boa esposa?
Hum, não.

A evolução nos projetou para gritarmos quando estamos sendo abandonados. Fazer o máximo de barulho possível para que a tribo volte para nos salvar.

O ex-namorado começou a enviar músicas para ela. Cortes raros, lados B, pequenas perfeições. Ele quer corrigir seus erros, ela se lembra.

Eles uma vez tomaram *speed* juntos. Mas não é o melhor tipo de droga para ela. Seu cérebro tende a correr de qualquer jeito, acelerar, guinar, bater, e assim por diante. É o estado natural das coisas.

Certas noites, na cama, a esposa sente que está flutuando em direção ao teto. Me ajuda, ela pensa, me ajuda, mas ele ainda está dormindo.

"Como ele está se comportando?", diz a melhor amiga dela. Como um Zumbi do Amor do Mal é a resposta.

A primeira vez que eles transaram depois que ela descobriu. Meu Deus. Meu Deus. Ele olhando para o corpo dela, que não era o corpo da garota, ela olhando para o rosto dele, que não era o rosto dele. "Desculpa ter te deixado tão sozinho", ela lhe disse mais tarde. "Para de se desculpar", ele pediu.

O que John Berryman disse: *Deixe as flores murcharem como uma festa.*

A esposa lê algo na internet sobre a chamada "névoa imprevisível". Quem está tendo o caso é envolvido por ela. Sua vida anterior e sua esposa se tornam insuportavelmente irritantes. Sua possível nova vida parece um sonho que cintila. Tudo isso tem a ver, ao que parece, com a química do cérebro. Uma mistura que lembra uma anfetamina, muito mais envolvente do que aquela do apego tranquilizador. Ou assim acreditam os biólogos evolutivos.

É durante esse período que as pessoas ateiam fogo em casa. A princípio, as chamas são lindas de se ver. Porém, mais tarde, quando a névoa se dissipa, elas voltam e tudo o que encontram são as cinzas.

"Sobre o que você está lendo?", o marido pergunta do outro lado da sala. "Meteorologia", ela diz.

26

As pessoas têm flertado com a esposa. Isso sempre aconteceu e ela nunca tinha reparado? Ou é algo novo? Ela é como um táxi cuja luz acaba de se acender. Aqueles homens todos no meio da rua, fazendo gestos para que ela se aproxime.

I CAN HAS BOYFRIEND? PODO TÊ UM NAMORADO?

Ela se apaixona por um amigo. Se apaixona por um aluno. Se apaixona pelo homem do mercadinho. Ele dá o troco com tanta gentileza.

Flutuando, sim, flutuando para longe. Como ele consegue continuar a dormir? Não vê que ela está levitando?

Vou te deixar, meu amor. Já estou indo. Já te vejo falar como se eu estivesse em um lugar muito alto. Já é só curiosa a sensação da sua mão na minha mão, dos seus lábios nos meus lábios. Está decidido, então. As estrelas estão acelerando. Quase não me lembrava de que um céu podia ser assim. Eu o vi uma vez quando ela nasceu. Eu o vi uma vez quando fiquei doente. Achei que você precisaria morrer para que eu voltasse a ver isso. Achei que um de nós precisaria morrer. Mas, olhe, aqui está! Quem vai me ajudar? Quem vai me ajudar? Rilke? Rilke! Se você está ouvindo, venha logo. Me amarre nessa cama! Me prenda a esse corpo terreno! Se estiver ouvindo isso, venha agora! Estou solta. Quem pode me segurar?

O que John Berryman disse: *Adeus, senhor, e saudações. Você está livre.*

Esses pedacinhos de poesia que grudam nela como carrapichos.

Ultimamente, a esposa tem pensado em Deus, em quem o marido já não acredita. A esposa tem a ideia de encontrar o ex-namorado no parque. Talvez possam conversar sobre Deus. E depois se agarrarem. E depois conversarem sobre Deus de novo.

Ela diz à professora de ioga que está tentando ser uma pessoa honrada. *Honrada!* Que palavra mais antiga, ela pensa. Ridículo, ridículo.

"Sim, seja honrada", diz a professora de ioga.

Sempre que a esposa quer usar drogas, ela pensa em Sartre. Uma *bad trip*, e uma lagosta gigante o seguiu pelo resto dos dias.

Além disso, há anos ela abdicou do direito de se autodestruir. São as letras miúdas na certidão de nascimento, dizem as amigas dela.

Então ela inventa alergias para explicar os olhos vermelhos, e enxaquecas para explicar a cara de dor pelo choro contido. Certo dia, saindo do prédio, ela cambaleia de leve porque está exausta de tudo. O vizinho idoso se aproxima, toca na manga dela. "Você está bem, querida?", pergunta. Com cuidado, educadamente, ela o afasta.

Às vezes, a professora de ioga lhe dá uma atenção especial quando ela está tentando entrar em algumas posturas. A esposa percebe que ela nunca precisa corrigir os outros alunos dessa maneira.

Não direcione a cabeça! A cabeça não deve ser direcionada!

Como ela se tornou uma dessas pessoas que usam calça de ioga o dia inteiro? Ela tirava sarro dessa gente. Com mapas de felicidade e diários de gratidão e bolsas de pneu reciclado. Mas então parece possível acreditar que envelhecer significa que há cada vez menos coisas sobre as quais fazer piada, até que finalmente não exista mais nada que você possa dizer que nunca fará.

27

Ele enviou uma carta de amor pelo rádio para a garota. Mais tarde, a esposa vê a playlist daquela noite. É da noite anterior à viagem dela. A noite anterior à primeira vez. Ela ouve uma a uma as músicas que ele tocou, riscando todas da sua lista.

Em seguida, a esposa fica sentada no vaso por um longo tempo porque seu estômago está se revirando. Sente algo subir pela garganta e cospe no baldinho cor-de-rosa da filha. Só um pouquinho de bile. Tenta vomitar de novo, mas nada vem. Quanto mais ela fica ali sentada, mais percebe como o banheiro está imundo e nojento. Há um emaranhado de cabelos ao lado da pia e algum tipo de mofo crescente na cortina do chuveiro. As toalhas não são mais brancas e estão com as bordas desgastadas. A calcinha tornou-se quase cinza. O elástico está um pouco para fora. Quem usaria uma coisa dessas? Que tipo de criatura repulsiva? Ela tira a calcinha e a enrola em um pedaço de papel higiênico, depois a coloca no fundo da lixeira, onde ninguém vai ver.

Quando pegamos um pedaço de pó, o mundo inteiro vem com ele.

"Estou sozinha", sua aluna diz. "Todo mundo cansou. Não vai aparecer mais ninguém." Mas Lia só tem vinte e quatro anos. Ela é linda e é brilhante. As pessoas ainda vão aparecer por muitos anos.

Seus amigos e seus alunos te adoram.

A esposa perde uma nota de vinte dólares em algum lugar entre a casa e uma loja, mas não consegue se forçar a voltar para procurá-la. Na última loja, o balconista foi desagradável com ela, ou pelo menos não muito simpático.

Eu só queria que você me adorasse.

28

Ela vai visitar Lia em um hospital em Westchester. Seus pulsos estão enfaixados, mas seus olhos têm um certo brilho. "Obrigada por vir", ela diz com formalidade, como se cumprimentasse os convidados em um casamento.

A esposa é professora há vinte anos. Não é a primeira vez que está ao lado da cama de alguém que tem os pulsos enfaixados.

Ela leva um caderno de espiral para Lia. Mas não é permitido que ela fique com ele. Nada que tenha arame, eles dizem. Ela devia ter pensado nisso. Lia ligou para a esposa logo antes de as luzes se apagarem. Há esse momento, sabe, para a maioria das pessoas, em que você decide que quer acordar mais um dia no mundo.

Cada pessoa que está ali se recusa a fazer alguma coisa. Há um grupinho de meninas de olhos opacos que odeia comer, esconde colheres medidoras nos casacos e deixa tufos de cabelos na pia, e há também os que nunca respondem a perguntas, não importa de quantas maneiras você os questione. Dormir é a coisa que Lia não faz. Ela nunca dorme, a menos que lhe deem remédios. Mas ela tampouco aperta no meio da noite o botão para chamar a enfermeira. "Eu só fico esperando o amanhecer", ela diz. "Olho pela janela."

É assim que a esposa passa as noites também, mas ela não diz isso a Lia.

Lia ficou oficialmente morta por um minuto, mas disse que não viu nada, que havia apenas uma escuridão e um zumbido baixo como o de um aspirador.

Agora a esposa está sentada com ela numa varanda, olhando para as árvores. Nesse lugar, há árvores por todos os lados. Há muito tempo, alguém deve ter achado que as árvores poderiam resolver qualquer coisa. Os outros pacientes se revezam soprando bolhas de um pequeno recipiente porque aqui não é permitido fumar ou beber. "A grande terra verde", Lia diz, porém não de brincadeira: é mais como se ao dizer isso seu coração se partisse. "Fica aqui", a esposa diz a ela. "Só fica."

29

Chega dos olhos sombrios das pessoas casadas. Será que eles sempre foram assim, mas só agora ela está vendo?

Caso em questão: a esposa esbarra com C em uma festa, uma mulher brilhante casada com um homem brilhante. Ela acabou de expor em uma galeria importante. O marido dela faz parte da coleção permanente do MoMA. Brilhante, brilhante. Mas C não fala com a esposa sobre coisas brilhantes. Ela fala sobre pedreiros dissimulados, sobre retiros em spas, sobre listas de espera em creches particulares. Mais tarde, o marido pergunta: "Ah, você viu a C, como ela está?". "Irradiando raiva", diz a esposa.

Se ao menos eles fossem franceses, pensa a esposa. Tudo isso pareceria outra coisa. Mas não, *parecer* não é a palavra exata. Como é que dizem os alunos?

Significar.

Tudo isso *significaria* outra coisa.

Observações gerais: se a esposa se separar, como ela deve ser chamada? A história precisará ser reescrita? Existe um tempo entre ser uma esposa e ser uma mulher divorciada, mas não há nenhum nome bom para isso. Talvez dizer o que um político diria. Pessoa apátrida. Sim, apátrida.

De qualquer modo, vai ser terrível por um bom tempo, diz a psiquiatra.

Eis o que acontece na meia-idade: alguns amigos e conhecidos que por anos foram meramente excêntricos tornam-se claramente loucos. K conta à esposa a história de uma amiga de infância que passou a usar muita maquiagem e agora parece estar sempre suada. Essa amiga perguntou se poderia cozinhar alguma coisa para K e o marido na festa de inauguração da casa deles. "Não, não, só precisamos da sua presença", ela disse. "Temos tudo o que é necessário." A mulher chegou na festa, suada, carregando uma sacola com carne crua e couve kale.

A esposa está com medo. Está com medo de novo, daquele jeito antigo. Achou que isso tinha terminado. Até que ele morresse. ("Se ele morresse", ela quase disse. "Se" ela o amasse tanto, ela conseguiu dizer.) Ela disse "amasse", percebeu.

"Tempos e modos! Tempos e modos!", a esposa sempre disse aos alunos, tentando explicar que aquilo era importante, que iluminava as coisas.

Eles enviavam cartas um ao outro. O remetente era sempre o mesmo: *Departamento de especulação.*

As cartas ainda estão todas na casa deles; ele tem uma caixa com elas na escrivaninha, e ela também.

"Eu só sinto que...", ela diz. A psiquiatra a interrompe. "Eu sei, eu sei, todo mundo sempre sabe exatamente o que você sente, né?"

"E eu?" A filha dela gosta de perguntar toda vez que a conversa vai além da sua compreensão. "E eu?" O fruto nunca cai longe da árvore, pensa a esposa.

A esposa passou a rir loucamente quando o marido diz algo e, em seguida, ela repete a palavra, incrédula.

Legal????

Divertido????

Ela já viu essa estratégia retórica ser usada por uma futura ex-mulher ao falar com seu futuro ex-marido. Pobre criatura, pensou, naquela ocasião.

30

Os estudantes conseguem entender piadas sobre suicídio, mas as sobre divórcio são enigmáticas para eles.

Você é sincerona, um cara bonito disse certa vez para ela em uma festa. Antes de pedir licença para ir flertar com outra pessoa.

P. Por que a budista não usa cinto de segurança?

R. Porque ela não pode se prender a nada.

Aconselham a esposa a ler um livro sobre adultério que tem um título horroroso. Ela pega o metrô e atravessa três bairros para comprá-lo. Toda a experiência de ler o livro faz com que ela se sinta vulnerável, e ela o esconde pela casa com o fervor de alguém que esconderia uma arma ou um quilo de heroína. No livro, ele é referido como o parceiro participante, e ela como a parceira ferida. Há muitas outras coisas de mau gosto, mas há algo escrito no livro que fez com que ela gargalhasse. É uma nota de rodapé sobre a maneira como povos de diferentes culturas lidam com o conserto de um casamento depois de uma relação extraconjugal.

Nos Estados Unidos, o parceiro participante passa em média mil horas processando o incidente com o parceiro ferido. Isso não pode ser apressado.

Quando lê essa frase, a esposa sente muita pena do marido, que só gastou nisso umas quinhentas e quinze horas.

31

Em Épiro, há uma espécie de aranha conhecida como "a sem sol". Os cipriotas chamavam as víboras de "a surda". A ideia era dar a criaturas tão perigosas um tipo de codinome para que elas não soubessem que haviam sido mencionadas. O temor era que mencioná-las faria com que aparecessem.

A irmã dela tem um combinado com o marido. *Se alguma coisa acontecer, faça como nos anos 1950. Nenhuma palavra nunca. Certifique-se de que ela não tem a menor importância.*

No final da gravidez, a bebê não estava crescendo como deveria, por isso, uma vez por semana, a esposa ia até o consultório para ser examinada pelos médicos. Ela se sentava em uma poltrona reclinável e, ligada às máquinas, esperava para ouvir as batidas do coração. Todas as vezes, a esposa tinha medo de não ouvir nada, mas então lá estava, um som como o de cavalos galopando. O jeito que ele olhava para ela quando os dois ouviam aquilo. Parecia impossível sentir mais do que eles sentiam.

Sempre sempre, ele escreveu no livro que deu à esposa no Natal passado.

O sem sol? O surdo? O do cubículo?

A esposa corta o cabelo em um lugar caro. Compra algo para usar quando for ao trabalho do marido. Vai encontrá-lo lá para almoçar; decidiram tentar isso. Essa coisa civilizada meio francesa. No fim, a esposa compra apenas um par de botas e as leva para casa sem experimentá-las. Mais tarde, abre a caixa e olha para as botas. Os saltos são mais altos do que costuma usar. Elas parecem desconfortáveis. Por que ela quer usar sapatos desconfortáveis nesse que é o mais desconfortável dos dias?

Ah, sim, ela pensa. Evolução.

PORQUE SOU UM PÁSSARO MAIOR QUE VOCÊ!

Ela calça seus tênis pretos e põe uma calça jeans e uma camiseta que alguém bacana uma vez disse que era bacana.

32

Ela não teria deixado um dos seus alunos escrever a cena desse jeito. Não com a chuva torrencial e o guarda-chuva da esposa quebrado e a garota com um casaco preto comprido. Para começar, ela teria sugerido tirar a primeira cena do metrô, aquela chata em que a esposa finge ser budista. (Eu sou uma pessoa, ela é uma pessoa, eu sou uma pessoa, ela é uma pessoa etc. etc.) *É necessária? Isso não pode ser mostrado através de gestos?*

Ela pediria mais detalhes sobre a aparência da garota. Cortaria o implausível aperto de mão e anotaria que o diálogo parece afetado. (*Você causou muita dor à minha família. Não quero mais ser uma abstração para você.*) Ela poderia sugerir que a garota chorasse ou dissesse alguma coisa trivial. *Certamente ela sente alguma coisa. Não esfregou as mãos de nervosismo?* Ela desaceleraria o momento anterior àquele em que a garota se vira e, em silêncio, se afasta dos dois. *Mais nada aqui?*

Ela salientaria que o interessante é na verdade a preparação para a cena. Quando a esposa tira uma foto de si mesma antes de sair de casa, quando parece por algum motivo que ela está em um túnel de vento, quando o marido lhe telefona assim que ela desce do metrô e diz: "Não suba aqui. Mudança de planos. Te encontro na rua". O marido diz que não pôde fazer nada a respeito; contou à garota que ela viria. "Ela vai descer", ele diz. Mas a garota não desce. Fica escondida no escritório. *Talvez um pouco mais sobre como a esposa se sente?* A maneira como ela sente correr pelo corpo algo que nunca sentiu antes, como fica à uma da tarde numa esquina em Midtown chutando uma máquina de jornal e gritando "Você trepou com uma criança! Ela é uma criança! Diz pra ela vir aqui!". *Isso está muito emocionalmente carregado*, ela escreveria ao lado do momento em que o marido liga para a garota e, com delicadeza, tenta convencê-la a descer. Dizendo com delicadeza, venha, por favor, a voz tão delicada, tão triste por fazer mal à garota, e tudo por causa da cena que sua esposa maluca está fazendo, gritando enquanto ele fala ao telefone. Gritando e gritando.

Então a esposa para de gritar e diz devagar e claramente ao marido: "Diz pra ela que, se ela não vier, eu vou no trabalho dela, e, se ela sair do trabalho, eu vou no apartamento dela, e, se ela sair do apartamento, eu vou até o novo. Diz que eu vou encontrar ela. Diz que eu sou ótima em buscas. Diz que eu sou absurdamente maravilhosa nisso. De um jeito ou de outro, eu vou encontrar ela". As pessoas evitam os olhos deles quando passam. "Só desce", ele diz. "Por favor? Por favor? Alguma hora vai acontecer."

Está chovendo mais forte agora. Eles estão ficando encharcados. "Dez minutos!", a esposa grita ao fundo. "Porra, dez minutos! Só estou pedindo isso!" A esposa, que quase nunca gritou com ele, e jamais em público. *É importante notar aqui a mudança de ponto de vista.* A esposa percebe que seu pé está doendo por ter chutado a máquina de vender jornal. Ela se pergunta se quebrou o pé. *Adicione uma pausa aqui. Um pequeno respiro antes de a ação continuar.* O marido desliga o telefone. As mãos dele estão tremendo. "Ela tá vindo", diz. "Já vai chegar."

Mas é muito tempo mesmo assim. Eles esperam na esquina combinada. Há, é claro, a chuva teatral. A esposa sabe de que direção a garota virá, e acha que deve dar um passo para trás e esperar no batente da porta, que seria mais gentil assim, porque vai ser difícil para a garota caminhar na sua direção. Portanto, ela deixa o marido na rua e então, quando tem certeza de que a garota está vindo pela cara que ele faz, ela aparece e a cumprimenta na chuva. A garota é mais baixa do que ela imaginava. Cabelo ruivo comprido. Óculos, do tipo que está na moda. Ela fica ali de pé, tremendo. Com medo, pensa a esposa. Ou não, talvez outra coisa. A garota fica completamente imóvel enquanto a esposa fala. Então, no momento em que as palavras param, ela se vira e vai embora.

O marido e a mulher caminham na outra direção. Demora um quarteirão para falarem. "Ela tem olhos bonitos", diz a esposa. Eles vão em direção a um bar, já combinado. Ele segura a porta para ela. "Espera, ela tem franja?"

33

“Você não acha que nós já fomos punidos o suficiente?”, diz o marido alguns dias depois. *Nós?*, a esposa pensa. *Ele disse nós? Puta merda.*

Ela fica sabendo de uma coisa nova, algo que lhe dá arrepios. A garota fez o marido caminhar com ela no dia seguinte. Correção: ele foi caminhar com a garota no dia seguinte.

O marido não conta isso porque quer. Ela precisa arrancar dele, como cada detalhe, durante o Teatrinho dos Sentimentos Feridos. “Ela estava furiosa”, ele explica. “Ela se sentiu numa emboscada.”

Desculpa, a esposa pensa em dizer. *Desculpa, desculpa.*

Contudo, naquela noite, no táxi, ela não se importa com a voz dele, que está baixa e grave, mas apenas com a posição da lua no céu. E o jeito que ela pode fazê-la desaparecer com um pequeno movimento do polegar.

Hahahahahahasuavadiaimbecilahahahahaha

“Tô piscando?”, a filha pergunta quando eles chegam em casa. Um dos seus olhos está fechado e o outro, tremendo.

“Não exatamente”, ele diz.

“E agora? E agora?”

Duas piadas

1. Um homem está parado na margem de um rio quando de repente começa uma inundação. Sua esposa e sua amante estão sendo levadas pela correnteza. Quem ele deve salvar?

A esposa. (*Porque a amante sempre entenderá.*)

2. Um homem está parado na margem de um rio quando de repente começa uma inundação. Sua esposa e sua amante estão sendo levadas pela correnteza. Quem ele deve salvar?

A amante. (*Porque a esposa nunca entenderá.*)

34

A esposa está lendo *O mal-estar na civilização*, mas fica constantemente se perdendo no índice.

Analogias

pernas de fora em uma noite fria, 40
empresário cauteloso, 34
hóspede que se torna um inquilino permanente, 53
expedição polar, mal equipada, 98

Quando ela conta às pessoas que talvez se mude para o campo, elas dizem: "Mas você não tem medo de acabar se sentindo sozinha?".

Acabar se sentindo?

Estudos de imagens mostram que a dor das separações amorosas não é apenas emocional. Áreas semelhantes às que processam agressões físicas se iluminam no cérebro dos que foram recentemente rejeitados.

O que John Berryman disse: *Estou sozinho demais. Não vejo saída. Se pudéssemos todos sair correndo, até isso seria melhor.*

De noite, ficam de mãos dadas deitados na cama. É algo possível, se a esposa for furtiva o bastante para fazer isso enquanto secretamente mostra ao marido o dedo do meio.

Envelheça comigo. O melhor ainda está por vir, dizem os cartões na seção de aniversário de casamento.

Mas há outros versos de Yeats que a esposa continua lembrando.

Consuma meu coração; doente de desejo
E amarrado a um animal moribundo

As coisas desmoronam.

"O cabelo da garota era ruivo", a esposa diz à irmã. "Da mesma cor que eu pintava o meu."

A esposa parou de pintar o cabelo quando engravidou. (Por causa dos bebês monstros sem mãos que as mulheres vaidosas de cabelo tingido têm.) Mas ela nunca voltou a tingir, e há anos seu cabelo está com mechas grisalhas.

Feitiço para invocar o divórcio: *Mais verde! Mais verde!*

Às vezes, ela conversa com o marido dentro da sua cabeça. *Você acha que eu não sei. Eu sei. Uma vez, eu estava dormindo do lado daquele garoto e um rato passou pelo meu cabelo, mas eu não me mexi. Não queria correr o risco de ele sair da cama.*

O único tipo de amor que parece amor é o tipo condenado. (Fato curioso.)

Eu esperava que sua memória mais feliz me incluísse.

Mais tarde, a esposa entendeu o que isso significava, por que ele deu uma ênfase tão especial a cada palavra da frase.

Senhoras e senhores, acusação encerrada.

Na psicologia e na ciência cognitiva, o viés de confirmação é a tendência de procurarmos ou interpretarmos novas informações de maneira a confirmar nossas concepções prévias e evitar qualquer informação ou interpretação que contradiga crenças já existentes.

"Você me transformou em uma esposa caricata", ela diz. "Eu não sou uma esposa caricata."

O Buda chamou seu filho de Rahula, que significa "grilhões".

O Buda deixou a esposa quando o filho tinha dois dias de vida. Se tivesse ficado, dizem os estudiosos, ele nunca teria alcançado a iluminação.

Quanto a nós, nossos dias são como relva.

"Nós não sabemos, mas as cartas sabem", a filha diz mais tarde quanto estão jogando.

Você vai deixá-lo? Ele vai te deixar? Você acha que vai conseguir?

São suas amigas casadas que fazem essas perguntas. As solteiras não. Elas acham mais simples. Às vezes, a esposa chora. Às vezes, dá de ombros.

As cartas sabem.

35

A esposa nunca não quis ser casada com ele. Isso soa falso, mas é verdade.

Ela quis transar com outras pessoas, é claro. Uma ou duas em especial. Mas a verdade é que ela controla bem seus impulsos. É por isso que não morreu. E também por isso que se tornou escritora, não uma viciada em heroína. Ela pensa antes de agir. Ou melhor, ela pensa *em vez* de agir. Uma falha de caráter, não uma virtude.

Você tem uma vida secreta? É isso que ela pergunta a todos os seus amigos. Praticamente nenhum dos outros escritores tem. Mas umas poucas pessoas desviam os olhos antes de responder. Não, dizem. Ou isso, ou lhe contam tudo.

Ela nunca teve uma vida secreta. Mas, depois de tudo isso, agora ela até tem um pouco. No entanto, a parte secreta parece pequena demais para ser contada a alguém que talvez possa ter uma vida secreta de verdade.

Tipo os dois caras que estão mandando músicas para ela, e o fato de estar fazendo ioga, e os quatrocentos dólares que pegou emprestado do filósofo e mantém escondidos dentro de um envelope no armário, e o cheque de direitos autorais que recebeu, mas não depositou.

“Às vezes, penso em vingança”, ela diz a ele. Ele estremece. “Como seria isso?”

Na África, amarram juntos o casal e atiram-no em um rio cheio de crocodilos.

Na Grécia Antiga, a punição era um tubérculo inserido no ânus.

Na França, a mulher era forçada a ficar nua e perseguir uma galinha pelas ruas.

Porta número 3?

Como vocês se conheceram? Volte ao começo.

Isso estava na lista de exercícios do livro sobre adultério.

Vai levar muito tempo até que uma das Voyager *encontre outra estrela. E mesmo quando isso acontecer, elas não chegarão muito perto. Existe uma estrela anã vermelha chamada Ross 248. Daqui a quarenta mil anos, a* Voyager 2 *chegará a 1,7 anos-luz dela, ainda tão longe que parecerá apenas um pontinho de luz. Os astrônomos dizem que, se você olhasse através da portinhola da* Voyager 2, *a estrela pareceria se iluminar lentamente ao longo dos milênios, e então lentamente iria se apagando por mais tempo ainda.*

A esposa diz algo ao filósofo que ela não tem certeza se alguém além dele entenderia. Se dissesse isso a outra pessoa, poderiam achar que ela estava se autodepreciando. Mas ela não está se autodepreciando. Está agindo com fé. A questão é a seguinte: mesmo que o marido a abandone dessa maneira terrível e covarde, ela ainda terá de considerar um milagre todos os anos felizes que passou com ele. “Foi um puta milagre que eu encontrei ele", ela diz ao filósofo. "Foi um puta milagre. No pretérito perfeito." Estão sentados de pernas cruzadas no chão como costumavam se sentar nos seus dormitórios. "Acho que tive medo de apostar tudo", ela diz. "Porque apostar tudo é assustador. Se entrar com tudo, você perde tudo." Ele concorda, e de repente os dois estão chorando de leve.

Ele liga para ela mais tarde. "Leve seu marido pro campo. Você pode se separar daqui a seis meses se quiser, mas tire ele daqui agora."

O livro sobre adultério diz que é imprudente fazer qualquer grande movimento logo depois de um episódio desses. *Infelizmente, não existe cura geográfica.*

Besteira, a irmã diz.

Ela vai visitá-la e escreve uma carta ao marido de Londres. Não tem certeza se deve usar o velho endereço mas, no último minuto, escreve-o no envelope. Ela está, afinal, especulando.

Caro Marido,

Esqueça a cidade. Não há mais nada para nós. Até os pássaros estão indo embora. Vi dois pombos na pista ontem quando meu avião decolou.

Ela vai deixar a cidade para seus alunos, aqueles que remendam sapatos com fita isolante, que ficam com os olhos cheios de lágrimas ao verem um guarda-chuva descartado, que compram os inescrutáveis docinhos russos e a carne de cabra halal. Na semana passada mesmo, um deles estava diante da sala dela memorizando todas as categorias de nuvens (caso isso se mostrasse necessário).

* * *

"Qual foi a pior coisa que já aconteceu com ele?", a irmã pergunta. E a resposta é que nada aconteceu.

"Esse é o problema", ela diz. "Ele é só um bom menino de Ohio. Não faz ideia de como consertar uma coisa dessas."

Há uma pausa, e a esposa imagina que as duas estejam pensando em como seria crescer desse jeito. A mãe delas morreu quando as duas eram muito novas. O pai estava em outro lugar. Como seria ter todo esse tempo antes de ser atingido pelos problemas da vida? Como seria ter sempre alguém na varanda gritando que era hora do jantar? O marido não tem nem um pingo de criação selvagem.

Mas ela aposta que a garota sim. Alguma coisa no seu passado que faz com que ela queira rasgar as coisas em pedacinhos.

Será que é possível existir algum universo paralelo onde a esposa e a garota seriam amigas? Ela já tinha ouvido dos seus alunos histórias assim, sobre o triste homem casado, sobre a esposa cruel, sobre "eu só mandei uma música pra ele".

Ela se imagina almoçando com a garota e ouvindo histórias sobre um cara casado pelo qual ela está apaixonada. Será que ela deve embebedá-lo e dizer alguma coisa? Ela tem quase certeza de que ele sente o mesmo. A maneira que ele olha para ela, a maneira como eles caminham juntos depois do almoço, com as mãos quase se tocando.

O que Ann Druyan disse: *Comprimidas em um segmento de um minuto, as ondas cerebrais de uma mulher recém-apaixonada soam como uma série de rojões explodindo.*

Postagens recentes

Por que envelhecemos?
Qual é o melhor lugar para se viver?
Quais são as regras certas?
Os alienígenas existem?

Ela foi uma boa esposa em muitos aspectos, algo que se sustentaria mesmo se o marido fosse interrogado. Mas, quando ela pensa em listar esses aspectos, fica ouvindo na cabeça a voz de um advogado de televisão.

Sem circunstâncias atenuantes, ele diz.

36

Até as estrelas parecem diferentes agora. A garota é do tipo aventureira, o marido contou a ela. A esposa fica imaginando os dois acampando nas montanhas. Ele aponta as constelações uma a uma, e a garota, com seu suéter macio, presta atenção, acenando com a cabeça, olhando para todo aquele céu.

O livro sobre adultério afirma que, todos os dias, devemos dizer frases encorajadoras sobre nós mesmas e sobre nosso casamento. A esposa não gosta das sugeridas pelo livro, então ela inventa as suas próprias.

Nervos de Aço
Babacas não merecem favores

A esposa tenta repetir isso para si mesma enquanto escova os dentes de manhã. Às vezes ela não consegue. Às vezes, abre bem a boca e olha para as gengivas ensanguentadas.

Um dia, no Teatrinho dos Sentimentos Feridos, o marido anuncia que gostaria de tentar se separar judicialmente. A esposa fica em choque. Ele nunca tinha dito nada a ela, até agora. Mas a psiquiatra é contra. "O melhor é você se divorciar", diz. Mais tarde, a esposa lembra que em duas semanas eles deveriam embarcar para Ohio para visitar a família dele, aquele bando de gente loira. "Acho que prefiro não ir", ela diz. "Não", o marido responde. "Você tem que ir." Ela olha para ele. "Por que eu iria?" Ele faz um gesto magnânimo com a mão. "Porque ainda somos?" Casados, ele quer dizer.

O que Rilke disse: *Quero estar entre aqueles que sabem coisas secretas, ou então prefiro estar sozinho.*

Há um ano, o irmão do filósofo morreu repentinamente de aneurisma. Ele tinha uma esposa, não tinha filhos. Vivia no Colorado e fazia caixas de correio de madeira que vendia através de um catálogo impresso em papel-jornal. No dia seguinte, o filósofo pegou um voo para a cidadezinha onde seu irmão morava. Foi à madeireira com a cunhada e comprou madeira de pinho para o caixão. Em seguida, na oficina do irmão, desenhou um esboço em um papelão e começou. Depois de algumas horas, ela apareceu para olhá-lo trabalhar. Ele pôs um cobertor nos seus ombros, preparou um chá, mas não a fez voltar para casa. Ela ficou assistindo durante a noite toda ele serrar e martelar. Podíamos ver nossa respiração, ele disse.

Às duas e meia da tarde, a esposa envia uma mensagem ao filósofo. "Estou bem acordada. Você está?"

"Talvez seja você?", ela pensa em escrever para ele.

Certas manhãs, a esposa vai à casa do filósofo e fica na cozinha com ele. Juntos, eles inventam uma teoria para tudo. O ar parece eletrificado. Ela gostaria de lhe perguntar se ele também percebe, ou se é só algum tipo de fenômeno na sua cabeça. "Me fala a verdade. Eu pareço louca?", ela diz. Ele faz um ovo para ela, coloca-o na sua frente. Fica em silêncio por um longo tempo, depois balança a cabeça. "Você parece bem acordada", diz o filósofo.

Ela imagina como se sentiria no enterro dele. Como se sentiria no enterro do marido. Põe a mão sobre o coração por um momento e a deixa lá. Sim, ainda batendo.

O que Martinho Lutero disse: *A fé reside sob o mamilo esquerdo.*

37

E então há mais uma briga. "Nós", ele diz de novo sobre a garota. A esposa sai de casa no meio da noite e vai para um hotel. Pega um carro até o outro lado da cidade porque não ia suportar dormir no sofá de alguém, ver maridos, ver crianças. Ela observa a si mesma assinando o check-in. Ela observa a si mesma pegando a chave. Queria que ele sentisse algo quando a viu bater a porta, mas será que ele sentiu?

Ela saiu sem a escova de dentes. Sem levar um livro. Sem levar nem mesmo os remédios para dormir. Está com o celular ligado. Ele não telefona. Ela manda uma mensagem dizendo onde está. *Caso ela precise de mim*, é isso que escreve. E então nada. Nada. Ela espera, olhando para a porta como se pudesse se abrir. Escuta a si mesma emitindo um barulho suave, meio choro, meio murmúrio.

Estou em um hotel, pensa. *Não se pode fazer nada em um hotel.* Agora ela mexe em todas as gavetas do quarto. O que está procurando? Uma arma? Uma agulha? Ela passa da cama para a cadeira e então para a mesa, mas nenhum lugar faz com que sua cabeça pare.

Já está amanhecendo quando ela chama um carro para buscá-la e sai na rua de novo. O motorista acha que ela é uma prostituta. Sorri para ela pelo retrovisor. Ela diz que precisa chegar em casa antes de sua filha acordar, e ele acelera o carro pelas ruas silenciosas.

***

Mas não importa que ela tenha voltado. Ele está dormindo e, quando acorda, nem mesmo olha para ela. "Você foi embora", ele murmura. "Você foi embora." Uma briga sussurrada e então ele está de pé e vestido. Há algo nos olhos dele que faz com que ela pare. "Você não tá pensando em ir lá, tá?", ela pergunta. Pela expressão dele, ela vê que sim, ele está pensando. Pela primeira vez, ela usa a carta que não pode ser usada: o nome da filha. "Vá se você quiser, mas não assim. Se fizer isso, vai mudar quem nossa filha é." O que ela quer dizer com "assim" é o rosto tremelicando e as mãos tremendo e os olhos de um animal acossado. Ela põe a mão sobre o ombro dele, mas ele a afasta.

A babá chega para tirar a filha de casa. A esposa liga para o filósofo e ele vem no mesmo instante. Ela fica na rua esperando por ele, e ele precisa segurá-la para ela não cair. Um grupo de paquistaneses olha impassível. "Faça ele ficar", ela implora. "Só hoje. Não deixe ele ir. Me prometa."

O filósofo o leva para o seu apartamento. Ele não tem sofá, então vai com o marido até a Ikea para comprarem uma cama extra. Parece uma série, a esposa pensa quando ouve isso. Mas onde encaixar a trilha de risadas? Na loja, quando estão experimentando a cama, ou mais tarde em casa, quando vão montá-la?

Olha para trás, é fácil entender por que ele quis ir. Há duas mulheres furiosas com ele. Para deixar uma delas feliz, ele deve pegar o metrô até o outro lado da cidade e chegar à soleira de sua porta. Para deixar a outra feliz, ele precisa usar durante um tempo infinitamente longo um cilício feito do cabelo dela.

38

O ex-namorado liga. Diz que quer conversar. Ela o encontra em um banco do parque. Ela ficou acordando a noite toda, pensando, testando conversas. "Você tá linda", diz o ex. "Incrível, na verdade." Ultimamente todo mundo lhe diz isso. Que ela está radiante, luminosa. Ela se recusa a mencionar a ioga. Não é isso. É que a cortina caiu. Tá bom, tá bom, talvez seja a ioga. É verdade que é difícil trazer a coisa da cortina em uma conversa. Ela sorri para ele. Ele se senta ao lado dela, seus joelhos quase se tocando. Falam sobre amenidades. Ele sempre foi assim, inteligente e engraçado, e agora — um bônus incrível — deixou de ser um louco do speed. As pessoas passam com seus cachorros. As folhas caem lindamente. A esposa menciona sua situação, de modo enviesado no início, depois descarado. Enquanto ela fala, o ex está olhando para ela, sorrindo, dando risada, mas de repente ela vê seus olhos se afastarem com toda a pressa. É possível que ela esteja falando rápido demais, que suas mãos estejam tremendo. "Meu coração parece um saquinho de papel", ela diz. "Entende?" Ela o vê registrar que não é o que ele achava que ela era. Alguma coisa atravessa seu rosto. Medo? Pena? Ela se força a parar de falar. Ele está nervoso agora, ela acha, pronto para se despedir e ir a outro compromisso. "Acho que eu preciso de ajuda", ela diz. "Isso é o que todos dizem", ele responde. Os dois se levantam. Então há uma longa caminhada até o metrô. Ela deveria pegar outro caminho, andar em outra direção. Outra pessoa daria uma desculpa, se afastaria elegantemente com um aceno. Mas não, de forma horrível eles dobram a esquina, de forma horrível passam pelo arco, pelos bancos, pela banca de revista. "Se cuida", ele diz enquanto ela se afasta de um jeito esquisito. Faz mal aos olhos olhar para esses prédios. Mais verde, ela pensa. Há as árvores e a água. A vastidão do gramado, excessivamente povoado. Ela caminha pelo parque, tentando se controlar. Em um espaço aberto, sentimos que estamos desprotegidos. Estou à mercê das intempéries, ela pensa.

O que Kafka disse: *Eu escrevo para fechar os olhos.*

39

Muito tempo atrás, o éter estava por todos os lados. Na dobra do braço, digamos. (E também nos céus.) Ele desacelerava o movimento das estrelas, dizia à mão esquerda onde a direita havia ido. Então desapareceu, como a histeria, como a Terra Oca. As notícias chegaram pelo rádio. *Há apenas ar agora. Abandonem seus experimentos.*

A esposa quer ir ao hospital. Mas ela não quer ter ido ao hospital. Se for, talvez não volte. Se for, talvez ele use isso contra ela. Mas, quando está sozinha, os objetos ao seu redor se arrepiam, cheios de propósito. Ela acha fascinante, porém precisa manter isso em segredo. Embala os almoços da filha e conta uma história para que ela durma. No parquinho, ela se faz passar por uma mãe sensata olhando a filha brincar de uma maneira sensata. Vai trabalhar e paira sobre si mesma enquanto fala sobre todo tipo de coisas. Ela é tão prudente quanto uma viciada. Disfarça quando se expressa mal. Vai uma vez por semana ao Teatrinho dos Sentimentos Feridos e fala sobre o futuro de maneira sensata, mas em segredo guarda dinheiro em diários e livros. Ela fica acordada durante metade da noite, o cérebro zumbindo e zumbindo. Olha calendários escolares em outras cidades. Investiga o custo de carros, calefação, seguro de saúde. Faz um plano A, um plano B, um plano C e D e E. Destes, apenas um envolve o marido.

A irmã ouve a história do caixão. "Tá, me diz de novo por que você nunca teve nada com ele?", ela pergunta.

"Achei que você queria ser um monstro da arte", diz o marido.

A cunhada do filósofo encomendou uma joia de luto antiga. Um relicário dourado com lugar para pôr a foto da pessoa que morreu. No lado de fora, há uma pequena rosa gravada. Mas *Prepare-se para seguir-me* está gravado no lado de dentro. O século XIX. Jesus. Esse pessoal não estava de brincadeira.

Como foi a venda dos pães?

Ela manda uma mensagem para a melhor amiga. "23h. Marido ainda jogando video game." Ouve um bipe. O marido olha para ela. "Você mandou a mensagem pra mim."

É a irmã dela que apresenta o plano vencedor. Eles deveriam se mudar para a casa caindo aos pedaços na Pensilvânia e morar lá pagando quase nada. A esposa pesquisa as escolas. Pesquisa o seguro do carro. Pesquisa o preço da lenha. Ela encomenda para ele livros sobre criação de abelhas e galinhas e começa a preencher formulários para que possam adotar um cãozinho ao chegarem lá. Ela faz checagem de fatos para um livro de oitocentas páginas sobre aviação, depois termina de fechar as notas dos seus alunos em uma sessão de catorze horas.

Algum sinal de perturbação do pensamento?
Algum sinal de fala muito rápida?
Algum plano grandioso?

Não.

As pessoas que já se mudaram para o campo dão conselhos: *Cuidado com as tubulações. Fique atenta aos carrapatos. Não crie cabras.*

Prepare-se para seguir-me, a esposa pensa. O marido mal está falando, mas ele prende as coisas no bagageiro e entra no carro.

Disseram à filha que levariam quatro horas para chegar lá. De cinco em cinco minutos, ela se inclina para a frente e pergunta de novo. "É uma hora? É uma hora? É uma hora?" E então eles chegam.

40

A esposa começou a planejar uma vida secreta. Nessa vida, ela é um monstro da arte. Veste a calça de ioga e diz que está indo para a ioga, então encosta o carro em uma estrada de terra e escreve com letras miúdas e apertadas em uma lista de supermercado. Acha que deveria parar de tomar os remédios para talvez escrever de um jeito mais fluido. Provavelmente não é uma boa ideia.

Mas apenas provavelmente.

O outono começa mais cedo aqui. E é irritante ver tantas estrelas. De noite, a esposa fica acordada preocupando-se com ursos e incêndios em chaminés. Com o exército de aranhas que vive lá dentro. O marido quer cabras. A filha chora de saudades do Brooklyn.

A esposa continua encontrando as notas de vinte dólares que guardou nos livros. Também pequenos pedaços de papel em que escreveu. Aqui está algo que ela rabiscou no verso de um recibo de cartão de crédito. Ela aperta os olhos para ler sua própria letra. *Dou aula de um jeito imaculado, mas ultimamente... ultimamente, deixo algumas janelas sujas*, diz o papel.

Não consegue deixar de pensar que escondeu outra coisa dentro de um livro. Uma carta de Banco Imobiliário enviada por uma amiga divorciada. SAÍDA LIVRE DA PRISÃO, diz.

* * *

Mas agora ela está cansada o tempo todo. Sente que caminha devagar, como se o próprio ar fosse algo a ser levado em conta. A psiquiatra diz que é porque, até agora, ela vinha sendo movida a adrenalina, mas que isso está começando a retroceder. "Cuidado", ela diz. "Não deixe sua mente ficar sombria."

Certo, a esposa pensa. *Saquei*. Ela não menciona que sai para olhar o céu no meio da noite. Que fica ali descalça e vestida apenas com uma camiseta, tremendo. Veja esse vento, essa árvore de construção tão frágil. Teatral esse terror, ela sente.

E todo mundo dirige muito devagar aqui. *Desculpa*, a esposa pensa enquanto costura pelas ruas. *Desculpa, desculpa.*

Eles nunca falam sobre isso quando a filha está acordada. Escondem isso dela como escondiam a coisa dos percevejos, mas ainda assim está lá, embaixo de tudo, aquele zunido baixo como um temporal violento.

Certa manhã, ela a leva ao parquinho. O sol incide nelas com força. "Cadê todo mundo?", diz a filha. Ela se balança devagar na escada horizontal, depois as duas voltam para casa.

A esposa precisa se lembrar de perceber o quanto esse lugar é bonito. Vai dar uma caminhada na floresta usando as botas pesadas do marido depois de uma semana de chuva.

A chuva trouxe os mosquitos de volta. A esposa tira da caixa a luminária mata-mosquito que o quase astronauta deu para ela. Ainda há um monte de caixas no sótão. *Eu deveria ser mais eficiente*, ela pensa. O marido monta o antigo telescópio. Quase não há poluição luminosa aqui. A esposa olha para o céu. Há mais estrelas do que qualquer um poderia precisar.

Um dia, enquanto a filha está na escola, o marido e a esposa dirigem até uma cidade próxima para ver um filme. No caminho, passam por um Holiday Inn Express. A esposa fica tensa. "Que foi?", ele diz. Ela aponta para o hotel. "Passei a pior noite da minha vida num desses." O marido olha para ela com cara de paisagem. "Num Holiday Inn Express?" Eles andam um pouco mais. Ele pega a mão dela. Parece que dobraram no lugar errado porque há agora fazendas de ambos os lados e nenhum prédio comercial. A esposa olha pela janela. Um cachorro corre pelo campo, o pelo escuro pregueado pela luz.

41

A esposa está tentando não analisar o marido friamente, mas de repente é difícil não perceber o tanto de Meio-Oeste que ele tem. O marido fica encantado quando eles fazem alguma coisa saudável em família, como jogar um jogo de tabuleiro, e quer que todos os passeios com a filha sejam educativos. Certo fim de semana, eles vão a umas cavernas subterrâneas e ela o ouve falar com a filha sobre a composição do calcário. *Até a próxima aula*, ela pensa.

Naquela noite, a esposa se levanta e vai dormir no quarto da filha. Caso ele pergunte, pode mentir e dizer que a filha a chamou.

Lutar ou fugir, ela pensa. *Lutar ou fugir.*

Ela percebeu, no entanto, que ele parece ter voltado a amá-la. Um pouco, pelo menos. Está sempre tocando nela agora, tirando seus cabelos da frente do rosto. "Obrigado", ele diz uma noite em que estão sentados no jardim. Diz que é como se os três estivessem presos embaixo de um carro e, em um lampejo de força inexplicável, ela conseguiu movê-lo. Ele a beija e há algo nisso, talvez uma centelha, mas então ela escuta a luminária mata-mosquito. *Zzzt. Zzzt. Zzzt.* "Você não deveria ter nos jogado do penhasco", ela diz.

42

A esposa trança o cabelo da filha todas as manhãs antes da escola. Na hora de dormir, o marido lê para ela um trecho de *Anne de Green Gables*.

Ambos estão preocupados com a filha. De noite, ela escreve longas cartas para a sua boneca favorita, depois as envia em uma caixa de Kleenex que deixa escondida embaixo da cama.

Se perguntam à filha porque ela está chorando, ela diz "Não fala sobre isso".

O marido decide ensinar a filha a assobiar, e a esposa escuta os dois treinando no quintal.

A esposa, só por precaução, ainda tem um plano B. *Eu poderia virar amish*, pensa sempre que passam por um grupo deles.

No aniversário da filha, decidem dar-lhe um cachorrinho. Ela fica em êxtase, mas, para a esposa, era só o que faltava para o desequilíbrio total. "Você não pode devolver?", diz a psiquiatra, mais enfática do que a esposa imaginava. "Devolva!" "Não", diz a esposa. É a única coisa que deixa a menina feliz. "Vai precisar deixar o cachorro preso", ela diz. "Muitas vezes."

Às vezes, o marido sai dizendo que vai procurar lenha. Porém, mais tarde, a esposa o vê fumando um cigarro atrás do outro na beira do campo distante.

***

Às vezes, ela ainda pensa no ex-namorado, mas não vai procurá-lo no éter.

Certa manhã, a esposa leva o cachorrinho para passear. Ele dispara na frente, depois volta coberto de carrapichos. Ela os remove e deixa o cachorro correr de novo. O céu aqui. Tinha esquecido quanto de céu poderia existir. Quando alcança o cãozinho, ele está comendo alguma coisa morta. Solta!, ela diz. "Solta! Solta!" Ele larga a coisa no chão e balança o rabo para a esposa. Mas, depois, corre de volta para o mesmo lugar e começa a rolar.

Não beba. Não pense.

A esposa e o marido levam o cãozinho ao veterinário para tomar vacinas. Passam de novo pelo Holiday Inn Express. Dessa vez, ela consegue ficar quieta. Ela sente que ele percebeu. Depois de um tempo, ele liga o rádio. O cãozinho lambe o volante. Para a surpresa dos dois, ele se comporta bem no veterinário. Não faz xixi no chão nem mordisca a mão da pessoa que o segura. Mas depois, quando chegam em casa, fica de pé sobre as patas traseiras e bebe a água do vaso sanitário.

Naquela noite, a esposa não consegue parar de sacudir as mãos. Ela vai ao campo escuro para fugir. Mas a filha a vê e começa a segui-la. "Mamãe!", diz. "Mamãe! Aonde você vai?"

Então ela toma os comprimidos que a médica receita. As mãos param de sacudir. Ela fica menos suscetível ao desejo de se deitar no meio da rua. Mas seu cérebro ainda está colapsando. No estacionamento de uma loja, a duas cidades de distância, ela chora como uma palhaça com a cara no volante.

43

A esposa tem um quartinho só para ela agora, com vista para o jardim. Ela faz uma observação para si mesma sobre o livro que está escrevendo. *Cenas de choro demais.*

Certo dia, o marido vê uma marmota olhando para eles através da janela. É com grande alegria que eles descobrem que outro nome para essa criatura é "o porco do apito".

A filha parou de falar tanto sobre ir embora para casa. Está construindo alguma coisa em um canto do jardim. Eles a observam carregar pedras pesadas pela grama e jogá-las em uma pilha. Os dias passam, mas a construção permanece um mistério. Às vezes, ela muda de ideia e desloca tudo alguns centímetros para a esquerda ou para a direita. Parece ser um tipo de jogo. "Gulag do quintal", eles o chamam.

Agora o marido e a esposa brigam aos sussurros no aprovado estilo dedo na cara. Ela o chama de covarde. Ele a chama de puta. Mas eles ainda não são muito bons nisso. Às vezes, um deles para e oferece ao outro um biscoito ou algo para beber.

E então um dia a esposa se dá conta de que passou pelo Holiday Inn Express sem perceber. Talvez ele esteja voltando a ser apenas um hotel. Não o lugar onde ficou parada, depois se sentou, depois se ajoelhou com a palma das mãos tocando a colcha. *Querido Deus, Querido Monstro, Querido Deus, Querido*

Monstro, ela rezou naquela noite, tremendo como uma viciada até que o sol nascesse de novo lentamente.

O que Rilke disse: *Decerto toda arte é resultado do perigo que alguém sofreu, da experiência vivida até o instante final, para além do qual não se pode ir.*

44

Estou com fome. Quero comer algo delicioso, tomar uma cerveja e fumar um cigarro. Voltei para a Terra cheio de vontades. O ar tem um sabor delicioso.

Isso foi o que disse o repórter japonês depois de voltar da estação espacial.

De manhã, a esposa solta o cachorro: *Olha, um esquilo! Olha, uma árvore! Olha, um cocô! Olha! Olha! Olha!*

Dão um banho nele juntos, secando-o delicadamente. Depois, a esposa lhe oferece manteiga de amendoim e o observa lamber a colher.

O que Emily Dickinson disse: *A Existência dominou os Livros. Hoje, matei um Cogumelo.*

O marido compra um piano de cauda. Ninguém no campo se importa por quanto tempo ou quão alto ele toca. Ele ensina para a filha alguns exercícios de dedo. Mas ela prefere encher um saco de doces e subir em uma árvore.

Ele compõe algo lindo para a esposa. "Canções sobre o espaço", diz. Às vezes, ela a põe para tocar bem tarde da noite, quando ele está dormindo. Ela pensa naquele programa de rádio e pergunta-se se a garota ainda o ouve.

* * *

Por bastante tempo, a esposa imagina que a garota pode escrever uma carta a ela. Mas não, não, é claro, não há nada.

A esposa se senta no quintal com o binóculo. Está tentando aprender sobre pássaros. Viu tordos, pardais e carriças. Um beija-flor-de-garganta-verde. Ela quer saber o nome do pássaro preto de asas vermelhas. Faz uma pesquisa. É um tordo-sargento.

Querida Garota,

Em vez disso, ela escreve uma carta ao filósofo. Ele foi morar no deserto de Sonora. Conheceu uma poeta que cuida de sessenta tipos de cactos e fala três idiomas. *Sim*, a esposa diz. *Fique*. Ela conta a ele sobre o tordo-sargento, porque é importante saber o nome das coisas.

Meu irmão tinha o costume de pedir perdão aos pássaros; parece não fazer sentido, mas é o certo.

Quase todas as folhas já desapareceram. A filha as está secando dentro dos livros. O marido está lá fora cortando lenha.

(*Então pelo menos peça aos pássaros. Peça pra porra dos pássaros.*)

45

O tempo é um teatro aqui. Eles o observam da cama pela janela do quarto.

O que Singer disse: *O que será que as pessoas pensaram há milhares de anos sobre as faíscas que saíam quando elas tiravam suas roupas de lã?*

O marido alimenta a lareira para que ela possa ficar na cama. Vai lá fora buscar mais lenha. O céu está com cara de neve, ele diz.

Dizem que santo Antônio sofria de um desespero incapacitante. Quando rezou para se livrar dele, ouviu que qualquer tarefa física realizada com o espírito adequado lhe traria libertação.

Durante o jantar, a esposa observa o marido descascar uma maçã para a filha em uma espiral perfeita. Mais tarde, quando está corrigindo textos, se depara com um conto de um aluno que contém a mesma imagem. O pai e a filha, a maçã, o canivete suíço. Bem inquietante. Maravilhosamente escrito. Procura um nome, mas não há nenhum. Lia, ela pensa. Deve ser da Lia. Ela vai lá fora para ler a história ao marido. "Eu escrevi", ele diz. "Enfiei no meio das suas coisas pra ver se você ia perceber."

O mestre zen Ikkyu foi convidado uma vez a escrever um aforismo da mais alta sabedoria. Ele escreveu apenas uma palavra: *Atenção*.

O visitante ficou decepcionado. "Só isso?"
Então Ikkyu o agradeceu. Duas palavras agora.
Atenção. Atenção.

Às vezes, a esposa ainda o vê dormir.

Às vezes, ela ainda acaricia o cabelo dele no meio da noite e, meio adormecido, ele se vira para ela.

A filha corre pela floresta agora, o rosto pintado como uma indígena.

O que o rabino disse*: Três coisas têm o sabor do mundo vindouro: o Shabat, o sol e o amor conjugal.*

46

Neve. Finalmente. O mundo parece ter uma beleza congelada. Levamos o cão lá para fora. Ele corre à nossa frente, marcando uma trilha de xixi na brancura. Caminhamos em direção à estrada. Às vezes o ônibus escolar chega mais cedo, às vezes se atrasa. Há gelo nas árvores e um vento veloz e amargo vindo do leste. O cachorro aparece, arrastando a coleira. Ficamos esperando perto das caixas de correio. Uma ou duas árvores ainda têm algumas folhas. Você estende a mão para pegar uma delas e me mostra. "Tem folhas oblíquas", diz. "Tá vendo?" Deixo que você a enfie no meu bolso.

O ônibus amarelo para. A porta se abre e lá está ela, segurando algo feito de papel e barbante. Ela pensa que é arte. Ciência, talvez. A neve está caindo de novo. Floquinhos leves e molhados pousam no seu rosto. Meus olhos ardem do vento. Nossa filha nos entrega seus papéis amassados e sai correndo. Você para e me espera. Nós a olhamos ficar cada vez menor. Ninguém jovem sabe o nome das coisas.

Agradecimentos

Muito obrigada à Ucross Foundation, Ledig House, NYFA e Ellen Levine Fund por me oferecerem o espaço e o tempo necessários para escrever este livro.

Sou imensamente grata a Joshua Beckman, Lydia Millet, Rob Spillman, Elissa Schappell, Tasha Blaine, Michael Rothfeld, Merrie Koehlert, Greg Koehlert, Helen Phillips, Adam Thompson, Jon Dee, Steve Rhinehart, Fred Leebron, Liz Strout, Josh Glenn, Alex Abramovich, Mike Greer, Sam Lipsyte, Ceridwen Morris, Dorla McIntosh, Rebecca Leece, Laura Ogden, Bethany Lyttle, Ben Marcus, Ethan Nosowsky, Michael Cunningham, Matthea Harvey, Tom Hart, Leela Corman, Lucy Raven, Mimi Lipson, Anna DeForest, Aaron Retica, Sarah Bassett e Anstiss Agnew pela sua generosidade e incentivo em assuntos literários e muitos outros.

Obrigada à minha agente, Sally Wofford-Girand, que ficou ao meu lado durante todos esses anos e soube exatamente quando arrancar essa coisa das minhas mãos, bem como ao meu editor, Jordan Pavlin, cujas oportunas anotações fizeram com que este livro se tornasse muito melhor do que era.

Acima de tudo, quero agradecer à minha família. Seu amor e apoio são a base de tudo o que é bom e verdadeiro na minha vida.

E às incríveis equipes — editorial, de produção e de publicidade — da Knopf. Estou devendo uma bebida a cada um de vocês.

Grafia atualizada segundo o Acordo Ortográfico da Língua Portuguesa de 1990, que entrou em vigor no Brasil em 2009.

capa
Luciana Facchini
obra de capa
Caco Neves
preparação
Silvia Massimini Felix
revisão
Ana Alvares
Erika Nogueira Vieira

Dados Internacionais de Catalogação na Publicação (CIP)

Offill, Jenny (1968-)
Departamento de especulação / Jenny Offill ; tradução Carol Bensimon. — 1. ed. — São Paulo : Todavia, 2023.

Título original: Dept. of Speculation
ISBN 978-65-5692-393-2

1. Literatura americana. 2. Romance. I. Bensimon, Carol. II. Título.

CDD 813

Índice para catálogo sistemático:
1. Literatura americana : Romance 813

Bruna Heller — Bibliotecária — CRB 10/2348

todavia
Rua Luís Anhaia, 44
05433.020 São Paulo SP
T. 55 11. 3094 0500
www.todavialivros.com.br

fonte
Register*
papel
Pólen bold 90 g/m²
impressão
Geográfica